夜叉の鬼神と身籠り政略結婚四

～夜叉姫の極秘出産～

沖田弥子

スターツ出版株式会社

目次

夜叉の鬼神と身籠り政略結婚四
～夜叉姫の極秘出産～

序章　３か月　夜叉姫と鬼神の穏やかな愛

穏やかな秋の陽射しが降り注ぐ晴れの日、私——鬼山凛《おにやまりん》は薄い用紙を震える手で差し出す。

そこには〝婚姻届〟と記載されている。

夫の春馬《はるま》の名前、そして妻となる私の名前、そのほか住所や本籍地などを記した。

ふたりで婚姻届を手にし、役所の窓口へ立つ。

「いいか？　凛」

「うん。——お願いします」

私たちは夫婦となるべく、婚姻届を出した。

この瞬間、私は〝久遠《くおん》凛〟として、人生を歩むことになったのだ。

そして私のお腹には、ふたりの愛の結晶が宿っている。

役所の人から「おめでとうございます」と笑みを向けられ、胸がいっぱいになった。

「私たち、入籍したのね……」

「ああ。これで凛は、名実ともに俺の花嫁だ。生涯離さないから覚悟してくれ」

「もちろんよ。あなたについていくわ」

私たちは手を取り合い、改めて未来への誓いを口にする。

周りから見れば、どこにでもいるような初々《ういうい》しい夫婦に見えるだろう。

ただし、ひとつだけほかの夫婦とは違った点があった。

私の旦那さまは、鬼神なのである。

私たちは屋敷へ戻ってきた。

ふたりで住んでいる純和風の屋敷には使用人がいて、主人の春馬はまるで殿様のような扱い。私は彼の奥方として大切にされている。とても豪勢な屋敷で恵まれた暮らしをしていた。

屋敷の縁側に座って、ゆるりと庭を眺めていると、紅葉の美しさに吐息をつく。

紅葉の真紅がこれほど眩《まばゆ》いなんて、これまで知らずにいた。

そう感じるのも、愛する人がいて、その人との子どもを授かったからだろうか。

お腹に手をやって頬をほころばせていると、そっと旦那さまが寄り添う。

「凜。体調はどうだ。今日は歩いたから、疲れたのではないか？」

「ううん、平気よ。それより感動してるの。入籍したら……こんなに世界が変わって見えるなんて、驚いたわ」

春馬は、ふっと微笑《ほほえ》んだ。

彼の亜麻《あま》色の髪は秋の陽光の中で軽やかに跳ね、碧色《へきしょく》の双眸《そうぼう》は高い空のごとく澄《す》んでいる。鼻筋はすっと通り、唇の形が綺麗《きれい》に整っていて、顎のラインはシャープだ。

端麗なのに雄としての猛々《たけだけ》しさも混じり、その美貌は神々しい。しかも精緻《せいち》な容貌に似合わず、剛健な肩に厚い胸板は勇猛さを備えていて、抱きしめられると、私の体はすっぽりと収まってしまう。

夜叉の鬼神を父に持ち、人間の母から生まれた私は、夜叉姫《やしゃひめ》として二十歳を迎えた。

それまで許嫁《いいなずけ》がいるとは知らされていたけれど、まさか鬼神のひとりである鳩槃荼《くばんだ》だとは知らなかったので、彼が私を花嫁として迎えに来て、とても驚かされた。

現世《うつしよ》では、鳩槃荼は久遠春馬と名乗っており、不動産会社を経営している。

けれど八部鬼衆《はちぶきしゅう》のひとりである春馬は、遥《はる》か古代から生き続けてきた鬼神なのだ。

鬼神やあやかしたちの住まう神世《かみのよ》に居城を構え、主である帝釈天《たいしゃくてん》の信頼も厚い。

そんな春馬と政略結婚をすることは、私が生まれる前から決められていた。

子細を聞いたときは戸惑いも湧いたけれど、夜叉姫として特殊な能力を持つ私はこの先、誰とも結婚できないという思いもあり、春馬に惹《ひ》かれたのも確かだったので、政略結婚を了承したのだった。

人間でもない、神でもない、中途半端な存在であるため、私は誰にも受け入れられないと悩んでいたけど、春馬はそんな私を必要としてくれたのが嬉《うれ》しかった。

ふたりの間にはすれ違いはあったものの、それを乗り越えて愛し合った結果、私は子を身籠《みごも》った。

今は妊娠三か月で、まだお腹は平らだけれど、体の中に宿る新しい命の存在に日々感動を覚えている。

大好きな春馬との赤ちゃん……。

女の子かな、男の子かな？　無事に生まれてくれる……よね？

嬉しいけれど、わずかな心配が胸をよぎるとき、たまらなく心細くなる。そんなときに隣にいる春馬の体温を感じて、ほっとする。

今も私の憂《うれ》いを汲み取ったのか、春馬はこちらに碧色の瞳を向けると、優しく肩を抱いた。

ふたりの体が触れ合い、そっと彼の熱い体温が伝わる。

「現世では結婚するときは指輪の交換や結婚式、入籍などがあるからな。凜に不自由な思いはさせないと俺は誓った。きちんと夫婦として結婚の手順を踏んだほうがよいだろう」

私と春馬の薬指には、白銀の結婚指輪が光っている。春馬から贈られた品だ。それに、生まれてくる赤ちゃんのための指輪まで彼は用意してくれた。

とても小さなそのリングは、今はネックレスに通して、私の首から提げている。生まれたら、赤ちゃんの指にはめてあげたい。

指輪を贈ってもらっただけでも充分なのに、彼はほかにも結婚の儀式を行おうと考えているらしい。

どこか浮き世離れしている春馬は御曹司のような雰囲気で、とても生真面目《きまじめ》なところもある。以前デートをしたときも完璧にエスコートしてくれたし、屋敷でも私が居心地がいいように配慮してくれる。春馬は本来恐れられる鬼神であるのに、私に歩み寄ってくれるのが嬉しい。

本日役所へ赴いて、婚姻届を提出したのもその一環だ。春馬から『婚姻届を出そう』と言われ、ふたりで相談して籍を入れることに決めたのだった。

「入籍できるなんて知らなかったわ。だって春馬は鬼神だから、年齢不詳よね？」

「現世にも籍を置いているからな。商売を営む上で戸籍を整えておくことは必須だ。年齢などはどうにかなる」

「もしかして私は三百歳のおじいちゃんと結婚したことになるのかしら……」

「こら。誰がじじいだ」

朗らかに笑った春馬は、ちゅ、と頬にくちづけする。

咎《とが》めるにしては甘すぎる仕置きに、かぁっと私の顔が熱くなった。

「ど、どうしてキスするの？」

「凜は俺の花嫁だ。いつでも抱き寄せて、くちづけしたいのだ」

「もう……恥ずかしい……」

端麗な顔で、堂々と私への愛を打ち明ける春馬に、恥ずかしさが募る。

でも、惜しみなく愛を注がれるのはとても嬉しくて。旦那さまに愛されて幸せな気持ちが胸にあふれた。

「身重なのだからな。体を大事にしなければならない」

「わかってるわ。妊婦健診では異常がなかったから、大丈夫よ」

先日病院に行って健診を受けてきたが、赤ちゃんは順調に育っている。これから役所に行って、母子手帳をもらってくるつもりだ。

結婚と妊娠が重なると、こなすことが多くて大変だけれど、春馬がいてくれるから乗り越えられる。

「子どものことを考えると、しばらくは現世で暮らすことが主になるな」

「そうね……実家のそばのほうが安心できるわ。生まれてからある程度の年齢になったら、学校に通わせてあげたいし」

私の両親は、ここから車で二十分ほどの場所にあるマンションで暮らしている。兄の悠《ゆう》も実家暮らしなのだけれど、自由に放浪して、神世の夜叉の居城に身を置いたりしているようだ。

現世で生まれ育った私は、子どもが生まれたら現世の子どもたちと同じように学校に通わせたいと考えているけれど、春馬はどうなのだろう。

ふと気になって問いかける。

「でも……春馬はどうなの？　現世で子どもを育てるって、無理をして私に合わせてない？」

「無理などしていないぞ」

「だって、神世には居城があるわけだし、しもべたちもいるでしょう？」

「もちろん、時々は様子を見に行く。子が大きくなったら、連れていこう。別宅のように考えればよい」

「そうね。そういえば私も夜叉の居城に連れていかれたときは、別荘だと思っていたわ」

子どもや私のことに真摯《しんし》に向き合ってくれる春馬に、頬がほころぶ。

薬指にはめた白銀の指輪が、きらりと陽射しを受けて光った。

春馬に、私が決めたことを話しておこう。彼が私のことを大切にしてくれるように、私もこれからの人生を真剣に考えなければならないから。

「私ね……大学を休学しようと思うの。今は赤ちゃんのことを大切にしたいから、しばらく休もうと決めたわ」

「そうか。体の負担になってはいけないからな。出産して、回復したら復学すればよ

けばよいのだ」

「まずは子が無事に生まれることが、なにより優先される。勉学はゆっくり行ってい

いだろう」

「ありがとう、春馬。賛成してくれて」

大学二年生だったけれど、春馬の後押しもあり、休学することにした。

学生なので、お腹が大きくなったら周囲の目が多少なりとも気になる。それに、ま

だ安定期に入っていないので、学生生活を送っていて体に負担をかけてはいけない。

休学は残念だけれど、春馬の言う通り、勉強は焦らずにゆっくりしていけばいいのだ

と思えた。

こうして出産に向けて、赤ちゃんを中心に動いていく生活が嬉しかった。

友人も恋人もおらず、孤独な日々を送っていた頃とは違い、夫婦として、家族とし

ての絆《きずな》が紡《つむ》がれていくのを感じる。

「私……幸せよ。あなたの子どもを宿せて、よかった……」

「俺も、幸せだ。愛している」

微笑みを交わし、私は春馬の肩にそっと頭を預ける。

頭を抱いた春馬の大きなてのひらが、とても頼もしかった。

第一章　4か月　富單那の願い

役所の窓口に足を運んだ私は、職員から母子手帳を受け取った。

ごく小さな手帳なのに、手にしてみると感激が胸に広がる。

私は、お母さんになるんだ……。

その実感が湧いたからかもしれない。

お腹は少しだけふっくらしてきたかな、というくらいで、胎動はまだない。

けれど、こうして赤ちゃんが生まれてくる準備を少しずつ進めていくものなのだと実感して嬉しくなる。

母子手帳をめくると、妊婦の腹囲や血圧など、妊娠中の経過を細かく記載するページの次に、〝出産の状態〟という題目で、赤ちゃんが誕生した日時、性別、体重や身長などを記入するところがある。

「赤ちゃんが生まれたとき、ここに誕生日が書き込まれるのね」

その日が待ち遠しい。

予定日は初夏頃になるからまだ先だけれど、日々を過ごしていたら、きっとあっという間だろう。

私は職員から赤ちゃんの予防接種などについての説明を受けたあと、母子手帳を大切に鞄《かばん》にしまった。

役所を出ると、冷たい秋風が頬を撫《な》でる。

ぶるりと震えてコートの前をかき寄せると、屋敷の車が玄関前に横付けされた。

久遠家の専属運転手が慇懃《いんぎん》に後部座席のドアを開ける。

「どうぞ、奥さま」

「あ、ありがとう」

まるでお金持ちの奥さまのような待遇には未だに慣れない。

電車でも行けるのだけれど、過保護な春馬は、私が外出するときは必ず屋敷専属の車で移動することを命じている。

結婚当初に『外出時は送迎をつけて、必ず屋敷の者を同行させる』と春馬に言われた。それ以来、大学にも買い物に行くのにも、ふたりでデートするときも、すべて送迎付きである。しかも離れたところから春馬の部下や使用人が見守っている姿が見えることもある……。

黒塗りの高級車が停まると人目を引くので恥ずかしいのだけれど、春馬は堂々と私をエスコートするので、余計に困ってしまう。あまりにも過保護すぎる。

さすがに大学にまでついてこないのは幸いと言うべきか。

春馬が大学を訪れたのは、彼が私を花嫁として迎えに来たときだけ。普段は不動産会社の社長として会社にいるので忙しい身のはずだ。

でも、今後は休学するので、私自身も一年間は大学へ通う機会がなくなる。

ちょっと寂しいかな……？

出産と育児を優先させると決めたので、後悔はない。

一年間、休むだけなのだから、生活が落ち着いたらまた復学できる。

できれば中退はしたくない。せっかく合格して入学したのだから、最後までやり通して卒業したい。赤ちゃんが生まれたら、育児と両立できるよう頑張ろう。

車に乗り込んだ私に、運転手が声をかけた。

「奥さま、このあとは屋敷に戻りますか？」

「ううん。大学へ行ってちょうだい」

「かしこまりました」

これから大学へ寄って、休学届を提出する。

そうすると、私の大学生活はしばらく休みになる。

私はゆったりとしたワンピースのお腹をさすり、車窓を眺めた。

大学へやってきた私は、一年間の休学届を担当窓口に提出した。

休学理由の欄には〝出産のため〟と嘘偽《うそいつわ》りなく記入している。妊娠している証明のために、医師の診断書も添えてある。

ところが担当職員は、休学理由を目にして眉をひそめると、私のお腹をちらりと見た。

なんだろう。嘘だと思われてるのかな？

誤解のないよう、私は添付した診断書を広げてみせた。

「あの、産婦人科の医師の診断書もありますので本当です。現在、妊娠三か月です」

「わかりました」

どこか気まずそうに書類を受け取った職員は、さっと私から目を背けた。

それから年配の女性職員は簡単に休学についての説明をした。私とはいっさい目を合わせずに。

どこか釈然としないまま、私は窓口をあとにする。

これまでは病院でも役所でも、気まずそうな態度を取られたことはなかった。それどころか祝福してくれる雰囲気が満ちていた。大学側では、休学する学生は歓迎できないということだろうか。

首をかしげつつ、帰宅するため正面玄関へ向かう。

そのとき、廊下の向こうから大勢の学生たちがやってきた。ちょうど午前の講義が終わったようだ。

何気なく笑顔の学生たちを眺める。

私には、挨拶しておくべき仲のよい友人なんていないけれど、なんとなく去りがたするとう、見知った女子たちのひとりがこちらに気づいた。

「あっ、鬼山さん！」

その苗字で呼ばれるのは、もはや新鮮に感じた。

彼女たちにはなにも話していないので、私が入籍して苗字が変わったことは知らない。

「ねえ、最近高級車で通ってるけど、どうしたの？」

「前にすごいイケメンが迎えに来たよね？　あの人と付き合ってるの？」

瞬く間に女子グループの数人に取り囲まれ、質問攻めにされてしまう。

休学したら彼女たちとは学年が違ってしまうわけなので、顔を合わせるのもこれが最後かもしれない。

特殊な私の能力や、赤い目が気味悪いと遠巻きにされてきたけれど、少しだけ事情を話してもよいのではないか。

ぎこちない笑みを浮かべた私は、女子たちに答えた。

「実は私……休学することになったの。みんなとも、しばらく会えないかも」

「えっ、そうなんだ。なんで？」

「結婚して、妊娠したから。今は体を大切にしようって、彼と相談して決めたのよ」

正直に述べると、彼女たちの間にはしらけた空気が漂った。

祝福してもらえると期待していたわけではないけれど、なぜか場が冷えている。女子たちはまるでおもしろくないことを聞いたと言わんばかりに、唇をねじ曲げていた。

「ふうん。失敗したの？」

ひとりの女子から、茶化すようにそう言われる。

すうっと、私の背筋が冷たくなった。

失敗……。

つまり、予定外の妊娠だったのかと問いたいのだろうけれど、それを〝失敗〟と称するのはひどく私の心を傷つけた。

確かに、予定を決めて子作りをしていたわけではない。けれど、愛し合った結晶はどういう形であれ尊いものだと私は思う。

予定通りであっても、予定外でも、そこに命の差なんてない。どんな経緯であっても、生まれてくる赤ちゃんは大切な存在だ。

そう思った私は、夜叉の血族の証《あかし》である赤い目を、まっすぐに彼女たちに向ける。

「失敗なんかじゃないわ。私たち、愛し合ったから赤ちゃんができたんだもの。失敗とか成功とか、そんなふうに命を判定するべきじゃないと思うの」

これまでは、赤い目を見られないようにと顔を伏せていた。自分の意見を堂々と学友たちに表明したことなんてなかった。

夜叉姫である自分に、自信が持てなかったから。

でも、今は違う。

私のお腹にいる赤ちゃんを、誰にも批評や批判なんてしてほしくない。

赤ちゃんのためにも、私はすべての子を肯定したかった。

けれど私の意見を聞いた彼女たちは、いっそう顔を歪《ゆが》める。

「鬼山さんのそういう真面目なとこ、なんかしらける」

「結婚したなんて、嘘なんじゃないの？　誰の子か、わからなかったりして」

心ない言葉を口々に放つ彼女たちに、心の底から落胆する。

みんなは、私を理解しようという気がないんだわ……。

彼女たちはとにかく私を否定したいのだった。

私の存在も、行いも、お腹の赤ちゃんも、すべてを認めたくないのだ。

いったい、私が彼女たちになにをしたというのだろう。異質な目の色、不思議な能力、そして結婚や妊娠をしたことが、そんなにも異常なのか。

わかってほしくて、私は懸命に言い募った。

「誰の子かわからないなんて、そんなことないわ。指輪だってちゃんと……」

薬指の指輪を見せようと腕を上げたとき、詰め寄ってくる彼女たちに、どんと体を押されてバランスを崩す。

「きゃ……！」

いけない。

がくりと体が傾いで、転ぶ予感がよぎる。

妊娠しているのに転んだら、お腹の赤ちゃんが――。

息を呑んだそのとき、とっさに力強い腕に支えられた。

ぎゅっと目を閉じていた私は、おそるおそる後ろを振り返る。

「春馬！」

「大丈夫か、凜」

私を覗《のぞ》き込んだ碧色の双眸は、心配を孕《はら》んでいた。

春馬が助けてくれたことに驚く。本来ならここにいるはずがないのに、どうして来てくれたのだろう。

しっかりと私の肩を抱きかかえた彼は、唖然《あぜん》としている女子たちに向き直った。

「凜は俺の妻だ。身重の妻になにかあったら、どうするつもりだったのだ」

低い声音で紡がれ、鋭い双眸を向けられた彼女たちは、びくりと肩を跳ねさせる。

「あ……あたしたち、そんなつもりじゃ……」

「そうよ。鬼山さんが結婚とか妊娠とか、急にそんなことを言うから驚いて……」

うろうろと視線をさまよわせた彼女たちは後ずさりした。夫の春馬を前にして、気まずいのだろう。

スーツを格好よく着こなした春馬は端麗な顔をきりりと引きしめて、彼女たちに告げた。

「心ない言葉で凜を傷つけたこと、そして転倒しかけた要因を作ったことを、謝罪してくれ。それ以上は望まない」

はっとした彼女たちは顔を見合わせた。

春馬はすべて承知しているのだ。言い逃れはできない。

女子たちはまごついていたものの、ひとりが頭を下げた。

「……ごめんなさい」

すると、ほかの人たちも次々に頭を下げて謝罪を述べる。

「すみませんでした」

「悪気はなかったの。うらやましくて、つい……」

まさか素直に謝ってもらえるなんて思っていなかった私は、驚きとともに困惑する。

「みんな、頭を上げて。なにもなかったんだから、私は大丈夫よ。謝ってくれて、ありがとう」

そろりと頭を上げた彼女たちは、許されたことで、気まずさの中にも微量の笑みを見せてくれた。

彼女たちは、私が結婚と妊娠を手にしたのを、うらやましく思っただけなのだ。

自分と同じレールを歩んでいた隣の人が、突然違う道へ進み、それが人生の先を行く内容だとしたら、やはりおもしろくない気持ちになるのかもしれない。

謝罪してくれた彼女たちに、春馬は重々しく頷《うなず》いた。

「素直なのは何物にも代えがたい、素晴らしいことだ。凛はみなとは異なる道を選択したが、彼女自身はなにも変わらぬ。みなも、己の信じる人生を歩むがよい」

まるで神様のお告げのような言葉に、女子たちはぽかんと口を開ける。

春馬はモデルみたいな華やかな容貌なのに、中身は古風なので、そのギャップに驚いたのだろう。

彼女たちが、「はい……」「わかりました」など呆然《ぼうぜん》とつぶやくのを背にして、私たちは大学をあとにした。

「春馬、ありがとう。迎えに来てくれたの？」

「部下から大学へ向かったと一報が入ったからな。勘が働いたのだ」

逐一《ちくいち》私の行動を監視している春馬は心配性を通り越している。

今もふたりの手は、しっかりとつながれていた。

「春馬は私を囚人みたいに監視してるわよね」

「囚《とら》われの花嫁といったところだろう。すべては凛と子の安全のためだ」

冗談がまったく通じていない。

春馬は眦《まなじり》の切れ上がった鋭い双眸で、私を見透かすかのごとく見つめる。

彼の心配性のおかげで、大事に至らなかったわけだけれど。

「休学届を提出してきたのよ。これからしばらく大学に通うこともないわ」

たった今、学友たちとのことがあったせいか、なぜか寂しさを感じた私は目を伏せた。窓口の職員の態度も、学生なのに妊娠するなんて人生のレールを大きく外れることだと言いたかったのかもしれない。

これでいいのかな？

私の選択は、間違っていないのかな？

でも、春馬の言う通り、自分の信じる人生を歩むべきで……。

そんなかすかな迷いが心の隅にあるからだろうか。視線を下げた私に、春馬はつと口を開いた。

「俺の会社に行ってみないか？」

「……え？　春馬の会社って、不動産屋なのよね？」

「いわゆる不動産業だが、オフィスビルやマンション事業など多岐《たき》にわたる。会社見学のつもりで、社長室で茶でも飲もう」

「ふふ。社長室でお茶するのが会社見学だなんて聞いたことないわ」

私は笑ってしまった。すると、春馬も楽しそうに微笑んでくれる。

笑顔になると、相手を笑顔にできる。

そんな小さなことが、ふたりの絆を結んでくれた。

春馬は私を送迎した車を屋敷に帰すと、自らが乗ってきた黒塗りの高級車に促す。

車に乗り込むと、会社へ向けてゆっくり走り出した。

「凜は社長夫人なのだからな。大学がないからといって、家で塞《ふさ》ぎ込むのもよくない。

暇を持て余すようなら、いつでも会社に顔を出すといい」

「ありがとう。私に手伝える仕事があったら言ってね」

春馬は寂しそうにしていた私のために、気を使って会社へ連れていってくれるのだろう。春馬の会社を訪れるのは初めてのことだった。

いずれ春馬の秘書として勤めることもできるかもしれない。まずは出産や卒業などを終わらせてからになるけれど。

未来を思い描いて頬をほころばせていると、唇に弧を描いた彼は悪戯《いたずら》めいた碧色の目を向ける。

「では、さっそく命じよう。俺の腕の中にいるのだ」

傲岸《ごうがん》にそう告げた彼は長い腕を伸ばして、隣のシートに座る私の肩を引き寄せる。

ふたりの体温を共有すると、どんなに私の心がささくれ立っていても、静かな海のごとく凪《な》ぎ、幸せで満たしてくれた。

——私は、彼に守られている。

その幸福感に身を浸し、逞《たくま》しい春馬の肩に頭を預けた。

「もう。傲慢な社長ね」

「おまえの前でだけだ。甘えさせてくれ」

こうして守られていることも、彼を甘えさせることになるなんて知らなかった。

人を愛すると、新たな発見がたくさんあることに気づかされる。

穏やかな車窓からの景色が流れる中、私たちは柔らかなくちづけを交わした。

辿《たど》り着いたオフィスビルは街の一等地にあり、その巨大さに驚かされる。

春馬とともに車を降りて、磨き上げられた自動ドアを通り、正面玄関に入る。すると、清楚な受付嬢が並んだブースに、『久遠不動産』と大きく社名が掲げられている。

「……すごく大きな会社なのね。なんとなくだけど、もっとこぢんまりしたイメージがあったわ」

「そうか。隣のビルは広告代理店の『吉報《きっぽう》パートナーズ』だ。仕事を依頼することもよくあるので、鬼山部長と顔を合わせることもままある」

「……そうだったのね」

現在は部長となった父の勤める会社が隣ということは、そこには母もいて、鬼神の羅刹《らせつ》も在籍しているはずである。私は知らない世界だったけれど、現世にいる鬼神たちはなにかしらつながりがあるようだ。

今日の春馬はノーネクタイで、薄いグレーのジャケットをラフに着こなしている。襟足で跳ねた亜麻色の髪も相まって、まさに御曹司のような雰囲気だ。

受付嬢たちが深く頭を下げる中、春馬に手を取られて、私たちはエレベーターホールへ向かった。

「こちらだ。社長室直通のエレベーターがある」

エレベーターに乗り込むと、ボタンがひとつだけある。春馬はセンサーにカードをかざし、最上階のボタンを押した。

瞬く間に浮上するエレベーターは、すぐに最上階に到着する。

ふかふかの絨毯《じゅうたん》を踏みしめて進むと、飴色《あめいろ》の豪壮なドアが現れた。

ここが社長室だ。ワンフロアに一室というわけではなく、隣には秘書室などもあるようだ。

春馬は金色のノブに手をかけ、社長室の扉を開けた。

すると見慣れない光景が広がっており、私は瞠目《どうもく》する。

眼前に鎮座するデスクと社長椅子。その前に並べられた応接セット。どれもよくあるような社長室の構成だ。

ところが、煎茶色《せんちゃいろ》にまとめられた応接セットのソファに、ちょこんと三歳児くらいの男児が座っているのである。しかもその態度は堂々たるもので、ひとりにもかかわらず、手持ちの小瓶からおやつの金平糖《こんぺいとう》を取り出して食べていた。

私たちに気づいた男の子は、もぐもぐしながら小さな手を上げる。

「遅かったな、鳩槃茶。じゃなくて春馬か。ボクが捜し回るのは疲れるから、ここで待っていたのだ」

「富單那《ふたんな》!? なぜ貴様がここにいる!」

春馬は相当驚いている。

富單那とは八部鬼衆のひとりの名だ。

帝釈天を頂点として四天王がおり、八部鬼衆はその配下となる。持国天《じこくてん》の眷属、乾《けん》闥婆《だつば》と毘舎闍《びしゃじゃ》。増長天《ぞうじょうてん》の眷属、鳩槃茶と薜荔多《へいれいた》。広目天《こうもくてん》の眷属、那伽《なーが》と富單那。そして多聞天《たもんてん》の眷属、夜叉と羅刹。

現世で活動している羅刹や那伽は見知っているけれど、富單那に会うのは初めてだ。しかも古代から存在している八部鬼衆のひとりが、こんなに小さな子だなんて驚きだ。

富單那はソファから垂らした足を嬉しそうにばたつかせ、満面の笑みを浮かべた。

「久遠春馬の親戚だって言ったら、秘書がここに通してくれたのだ。ボクは嘘はついてないのだ。ボクたちは八部鬼衆という名の親戚なのだ」

歯噛みした春馬は富單那の向かいのソファに腰を下ろした。私も彼の隣に腰かける。

顔を出した秘書に、春馬は手を振って人払いをした。

改めて富單那を見ると、跳ねた茶色の髪に茶色の瞳で、極彩色の甚兵衛《じんべえ》のような服を着ている。神世の衣装だろうけれど、幼い子だからか現世でもあまり違和感がない。しゃべりが妙に達者《たっしゃ》な以外は、どこから見ても人間の三歳児に見える。

「あなたが富單那なの？　初めまして。私は久遠凜よ」

「おー、キミが夜叉姫なのだ。ボクは何度もお祝いや手紙を送って、夜叉姫に会いたいとお願いしたのに、ぜーんぶ春馬が握り潰したのだ。こいつは心が狭いのだ」

「……そんなことがあったのね」

春馬は額に手を当てて、嘆息している。どうやら真実らしい。

鬼神とはいえ、こんな小さな幼児にはっきり言われては言い返しにくいのもわかる。

「ボクに夜叉姫を取られると思ってるのだ。無理もないのだ。ボクの魅力にはどんな女性でもめろめろなのだ～」

「……そうね。めろめろね」

幼児だから母性本能を刺激されるのでは？と言いたいのを呑み込み、笑みを向ける。

富單那は嬉しそうに小瓶から取り出した七色の金平糖を口に放り込んだ。

「夜叉姫はお腹に赤ちゃんがいるのだ。女の子なのだ?」

「まだわからないのよ」

そこへすかさず春馬が口を挟んだ。

「男に決まっている。鳩槃茶一族の跡取りなのだからな」

「そっかぁ。女の子だったら、ボクの嫁に欲しかったのだ〜」

「そうはいかぬ」

春馬は生まれてくる子は、男の子を望んでいるのだ。結婚するときの条件として、必ず世継ぎが欲しいと言っていたことからも、生まれた男子を次の城主に据えるつもりなのだろう。

春馬が断言したのを聞いた私は、なんだかそわそわした。

彼の期待通り、男の子だといいけれど……。

私の心配をよそに、不機嫌に腕組みをした春馬が富單那に問う。

「貴様はなんの用件でここへ来た? 夜叉姫の顔を拝《おが》みに来たのなら、用は済んだだろう。さっさと神世に帰れ」

はっとした富單那は金平糖を食べる手を止めた。

「そうなのだ! 大変なのだ。ボクのしもべのヒカゲがいなくなったのだ」

「いなくなったとは？　どこでだ」

「現世を散歩したいと言うから許したのだ。けど、もう一か月も帰ってこないのだ。きっと迷子になってるのだ」

「おまえ、それは主人として見限られたのではないのか？」

呆《あき》れて溜《た》め息をついた春馬に、富單那はぷうと頬を膨らませた。

「そんなわけないのだ！　ヒカゲはボクの大切なしもべなのだ。ボクを嫌いになって逃げ出したりなんて絶対にしないのだ！」

富單那は大声をあげて両手足をばたつかせた。

その拍子に蓋の開いていた小瓶から、ばらばらと金平糖が室内に舞い散る。

「だからな……うっ」

ごくん、と春馬が喉を鳴らした。

どうやら散らばった金平糖のひとつが、口の中に入ってしまったようだ。

すると、みるみる春馬の背が縮んで小さくなる。

「えっ⁉　は、春馬……」

ついに彼は富單那と同じくらいの体のサイズに変化してしまった。

大人用のスーツの中に埋もれた三歳児の春馬は唖然としている。

ぱちりと瞬いた碧色の双眸は大きくて宝石のよう。肌は白くて、ぷっくりしている。

亜麻色の髪はさらにくるくるのカールになっている。

「か、かわいい……。子どもの頃の春馬って、こんな感じなのね」

大変な状況だけれど、子どもになった春馬を目にしてあまりの愛らしさに身悶《みもだ》えた。

自らの小さな手を目にした春馬は怒りを爆発させる。

「どっ、どういうことだ！　富單那、貴様っ！」

「ボクは悪くないのだ。金平糖が春馬の口に入ったのは、わざとじゃないのだ。そもそもヒカゲに見限られたなんて春馬がバカにするからこうなったのだ〜」

飄々《ひょうひょう》としている富單那に悪気はまったく見られない。

富單那がたくさん食べていたので単なるお菓子かと思ったけれど、食べた者を子どもに変化させる不思議な金平糖だったようだ。

「食べると子どもになれる金平糖なのね」

「そうなのだ。これはボク専用の金平糖だけど、ほかの者が食べても子どもになるのだな。新しい発見なのだ」

「富單那が子どもの姿なのは、これを食べているからなのね。どうして子どもになっているの？」

「子どもだと、お姉さんたちにちやほやしてもらえるのだ。わがままを言っても許されるし、抱っこしてもらえるし、最高なのだ」

「あ、そう……もとに戻るには、どうすればいいの？」

富單那は口を閉ざした。しん、と室内が静まり返る。

恐るべき沈黙に、私は頬を引きつらせる。

「まさか、戻れないなどということはあるまいな……！」

慌てた春馬は身を乗り出した。

が、体のサイズが急に変わったのでバランスを崩し、ソファから滑り落ちてしまう。

こてん、と尻餅をついた彼を、私はひょいと胴を持ち上げてソファに戻した。

すごく軽い。それに手ざわりがふかふかしている。

小さな子って、こんなに軽いのね、と感動すら覚える。

「うぐ……不覚……」

春馬は落ち込んでいるが、小さな手を額に当てている姿すらかわいらしい。声まで少し高くなって、本物の子どものよう。

けれど中身はそのままだ。

富單那はその様子を見て、にやりと笑った。幼児とは思えない悪辣《あくらつ》な笑みである。

「ヒカゲを見つけてくれたら、もとの姿に戻る方法を教えてあげてもいいのだ」

「貴様……」

「金平糖を飲んだのは春馬なのだ。ボクが無理やり飲ませたわけじゃないのだ。それに困ってるボクが頼れるのは春馬と夜叉姫しかいないのだ～。なんてかわいそうなボクなのだ」

どうにも言い回しに癖《くせ》のある富單那であるが、どこか憎めない。

嘆息した春馬はソファに座り直した。

「那伽がいるだろうが。おまえたちは広目天の眷属で仲がいいだろう。那伽に頼んだらどうなんだ?」

私が生まれた頃、学生だった那伽は父と同じく人間との混血なので、現在は社会人である。デザイン事務所を経営しているが、その外見は若々しく未だに学生に見られるのだそう。

富單那は、けろりとして言った。

「とっくに頼んだのだ。那伽からは『納期がヤバイ』って断られたのだ」

「仕事が忙しいのね……」

「夜叉姫は不思議な能力を持ってるって、噂《うわさ》で聞いたのだ。それを使ってヒカゲを捜せないのだ?」

夜叉姫として生まれ持った私の能力は、〝命を再生する〟というもの。

ただ、回復ではなく転移を根本としているので、まったく同じものに生まれ変わらせることはできないのだった。

神世では枯れた泉を復活させられたけれど、水量が多すぎて、もとの景色とは違った。ほかにも花びらの色をまったく異なるものに変えてしまったりと、大切なものを生き返らせたいというあやかしたちの願いを叶《かな》えてあげられなくて失望されてばかりいた。

しかも捜索人を捜すという依頼には、適していない能力だと思う。

「私の能力とは相性が悪いかもしれないわ。私が持っているのは、命を再生する能力なのよ」

「諦めちゃ駄目なのだ。ヒカゲを捜せるかどうかは夜叉姫にかかっているのだ！　なんたって春馬は役に立たないのだ」

「……そ、そうね……？」

どうやらこのミッションは私の力にかかっているらしい。

富單那の金平糖のせいで幼児化したのに、役立たず呼ばわりされた春馬は怒りに眦を吊《つ》り上げている。でもそんな顔も、かわいい。

ひとまず裸のまま外出するわけにはいかないので、私は近所のショップに駆け込み、三歳児用の服と下着を購入することにした。お腹の子はまだ四か月だけれど、いずれは乳幼児の洋服をたくさん買うことになるんだと思うと気持ちが昂揚《こうよう》する。

店内は色鮮やかな乳幼児の服がたくさんあり、目移りしてしまう。

「どれもかわいい服ばかりね。どれがいいかな」

「これがいいのだ。ネコちゃんの耳が春馬の凶悪な眼光を和らげるのだ」

いつの間にか足元にいた富單那は黒のパーカーを指差した。

パーカーのフードに猫型の耳がついていて、とても愛らしい。

春馬の好みかどうかはともかく、パーカーなら伸びる素材なので、多少サイズが違っても着られるだろう。

パーカーのサイズ表示は〝一〇〇センチ〟とある。幼児の服は七〇から一四〇センチくらいに分けられていて、身長を表しているようだ。一四〇センチのコーナーはかなりサイズが大きく、小学校高学年くらいだろう。

「子供服はSやMじゃないのね。初めて知ったわ。それとズボンとパンツと肌着と……」

なんだかとても心が浮き立つ。

幼児化した夫の着替えを見繕うという稀有《けう》な状況なのに、楽しさを感じるのはなぜだろう。我が子の服を買うときもこんな気持ちなのかもしれない。

浮かれている私に、富單那は冷静に声をかける。

「夜叉姫。靴を買わないと外を歩けないのだ」

「あっ！　確かにそうね。何センチかしら……」

慌てて服の入った買い物かごを抱えて、靴が置いてある奥のコーナーに行く。

「ボクのサイズは十四センチなのだ。……この飛行機の柄のズックがおしゃれだな。これにするのだ」

「でもこれは十五センチだけど、大きくないかしら」

「一センチくらいなら大丈夫なのだ。ボクが飛行機のを履くから、今履いてるボクの靴は春馬に譲るのだ」

「あ……そういうこと……」

終始富單那のペースでの買い物だったが、無事に会計を済ませた。

社長室でやきもきしているであろう春馬の顔を思い浮かべ、オフィスビルへ戻る。

平静を装いエレベーターホールまで来ると、借りているＩＤカードで社長室へ直行した。

同じフロアには秘書たちもいるので、事態がバレたらまずい。私は控えめに社長室をノックした。

「春馬、いる？　戻ってきたわよ」

「いるとも。入れ」

最高に不機嫌な声で返され、そっとドアを開けた。

するとそこには丸裸でソファに鎮座する小さな春馬がいた。

あまりにも堂々としているので、思わずのけぞる。

もはや大きな服で体を隠そうともしない。胡坐《あぐら》をかいて腕組みする三歳児は、まるで神の子のごとく神々しい……というより不遜《ふそん》さが全開である。

「ごめんね、遅くなって。服と靴と下着、買ってきたわよ」

「そうか。経費で落とせ」

春馬はこの状況にひどく不満のようだ。当然だろうけれど。

眉根を寄せている小さな春馬に、パッケージから取り出した下着を着せようとする。けれど、小さな手で押しのけられた。

「かまうな。自分で着る」

「そう？　じゃあ、これ」

下着を手渡し、彼が背を向けてパンツを穿《は》くところを見守る。さすがに着せてもらうのは恥ずかしいのかもしれない。幼児だから私は気にしないのに。

だが、腕が短いのでスムーズに着られないらしく、もたついている。しかも下着のタンクトップが前後ろ逆である。

くすりと笑った私は手を貸したくて、タンクトップの裾をめくった。

「前後ろが逆になってるわよ」

「……そうだったか」

一旦タンクトップを脱がせて着直すと、ついでに猫耳がついたパーカーも着せた。

春馬は諦めたのか、私に任せてくれている。星柄のズボンを穿かせたところで、富單那が自らが履いていた草色の靴を、さっと差し出した。

「春馬、これ履いていいのだ。ボクのお気に入りだけど譲ってあげるのだ」

「どうでもいいな」

春馬がおさがりの靴に足を通すと、ぴったりだった。草色の靴は柔らかそうな素材で作られているが、富單那が履いていただけあって使用感がある。

富單那は新品の飛行機柄のズックを履いて、満悦の表情を見せる。

「これで外出できるのだ！　喜ぶのだ、春馬！」

「あのな……」

バンザイして大喜びする富單那に対し、春馬のやる気は地の底ほどに低い。

もとは春馬の外出着をそろえるためだったのだが、富單那の新しい靴を購入するための買い物になった気がする。

ともかくこれで外へ出て探索できるようになったので、一歩前進した。

会社の人にバレないようにするため、私は春馬のパーカーのフードを深く被せる。

すると猫耳が、ぴょこんと生えてとてもかわいい。

「そうだったのだ。ボクは新しいズックを買うのが目的だと勘違いするところだったのだ」

「行くぞ。さっさとヒカゲを捜したほうがいい」

頬を緩ませる私に複雑そうな顔で応えた春馬だが、勢いよくソファから下りた。

「かわいい～」

「おまえな……」

怒りを滾《たぎ》らせる春馬と手をつなぎ、もう片方の手を富單那とつないだ私は社長室を出た。

私を挟んで富單那をにらみつける春馬に対し、挑発するように富單那は舌をぺろぺろと出している。先が思いやられる。

幼児ふたりを連れた私は、どうにか不審に思われずに会社を出ることができた。

平穏な街路には散歩中の親子や、サラリーマンが行き交っている。

私たちも母親と双子に見えなくもない……かな？

そう考えると、責任を持ってふたりの面倒を見なくては、という気持ちになる。

ぎゅっと、ふたりの手を握りしめた私は富單那に問いかけた。

「さてと。ヒカゲを見つけようにも、闇雲に捜すわけにもいかないわね。ヒカゲはどんなあやかしなの？」

「ヒカゲは火竜なのだ。炎を吐く誇り高いドラゴンなのだ」

「ドラゴンなの!?　じゃあすごく大きいんじゃない？」

「ううん。小さいのだ。このくらいかな」

富單那は片手を丸めてみせた。子どもの手の中に収まってしまうほど小さいようだ。

「そんなに小さいのね……。それじゃあ現世にいても目立たないわね」

「そうなのだ。しかも火竜なのに、すごく気が弱いのだ。ほかのあやかしと仲良くできないから、きっと迷ってどうすることもできないでいるのだ」

「富單那から呼びかけることはできないの？」

「ボクが呼んだらすぐに来るのだ！　……でも近くにいないと声は届かないのだ」

ヒカゲが隠れていそうな場所を探索する必要がありそうだ。富單那の証言から察するに、現世のトカゲとそう変わりなさそうな見かけのようなので、河原や公園などに潜んでいるのではないだろうか。

そのとき、背後から流麗な声がかけられた。

「きみたち、ここでなにをしているんだい？」

はっと振り向いた私たちは、そこに佇《たたず》む亜麻色の髪に同色のスーツを着こなした端麗なサラリーマンに目を見開く。

「わああ～、面倒なやつに会ったのだ～！」

遠慮のない富單那の大声が通りに響き渡る。

こんなにはっきり言えるなんて、いっそ清々しい……。

「それはこちらの台詞《せりふ》でもあるんだけど」

「羅刹！……じゃなくて、神宮寺《じんぐうじ》さん。こんにちは、お久しぶりです」

彼は八部鬼衆のひとりである羅刹だ。ただ、現世では神宮寺刹那《せつな》という名で、父母と同じ会社の課長である。夜叉とは対になる存在で、私が子どもの頃から知っている。

羅刹は純粋な鬼神のはずなのに、それなりに年齢を重ねているように見えて、涼やかなイケメンの中に貫禄が見え隠れしている。かなりの毒舌を仕込んでいる癖の強い鬼神だ。

羅刹はふたりの子連れの私を見ると、美麗な笑みを向けた。

「大変そうだね、凜ちゃん。富單那に、そちらの目つきの悪い子は見覚えがあるような気がするけど……厄介事《やっかいごと》に巻き込まれてるのかい？」

「いいえ、そうでもないんですけど……」

「ボクのヒカゲがいなくなったから、夜叉姫に捜すのを手伝ってもらってるのだ。羅刹に頼んでも鼻で笑われるだけってわかってるのだ。ぺろぺろぺ〜」

舌を出す富單那を、羅刹はフッと鼻で笑った。項垂《うなだ》れた春馬の猫耳が垂れている。

「なるほどね。僕は得意先に行くところだから、三人で頑張るといいよ。それじゃ」

踵《きびす》を返そうとする羅刹の足元に、がしりと春馬がしがみつく。

「ちょっと待て、きちゃま！　そこまで聞いて見捨てるとは何事だ」

貴様と言うつもりが舌が回っていない。

羅刹は盛大に噴き出した。春馬の顔が真っ赤に染まっているが、しがみついたスラックスは離さない。

「神宮寺さん、お願い。力を貸してちょうだい。いなくなったしもべを捜すにはどうしたらいいの？」

私が両手を合わせて頼み込むと、羅刹は困ったように眉を下げて微笑んだ。

「しょうがないな。凛ちゃんの頼みなら」

彼は指先で五芒星《ごぼうせい》を描く。すると青白い紋の中央から、勢いよく子犬が飛び出してきた。

「僕のタソガレオオカミを貸してあげるよ。妖気でヒカゲの居場所を辿れるんじゃないかな」

八部鬼衆はそれぞれのしもべを従えているが、羅刹のしもべは狼型のタソガレオオカミだ。ただし、現世では子犬の姿に変身できる。夕陽を溶かしたような橙色《だいだいいろ》の瞳と灰色の毛をしたタソガレオオカミは、「くぅん」と鳴いて尻尾を振った。

「ありがとう、神宮寺さん」

「どういたしまして」

なんとタソガレオオカミは春馬に鼻を擦りつけている。甘えているようだ。

春馬が背中を撫でると、きちんとお座りをした。

「シャガラの匂いがするのか？　おまえはよいしもべだな」

春馬のしもべは白馬のシャガラで、神世にいる。彼は馬の扱いに慣れているのでタソガレオオカミにも好かれるのかもしれない。

「助かるのだ、羅刹。生意気なやつかと思ってたけど意外と役に立つ――」

「そ、それじゃあ、行ってきます！」

富單那の余計な言葉を慌てて遮り、私は幼児ふたりとともに探索に繰り出した。

タソガレオオカミはすでに駆け出している。振り返ると、羅刹はこちらに向けて軽く手を上げていたので振り返した。

「待って、タソガレオオカミ。ゆっくり行ってね」

妊娠しているので走ってはいけない。

私はお腹に負担がかからないよう、ゆっくり歩いてタソガレオオカミのあとをついていった。

けれどタソガレオオカミは一目散にどこかへ向かうわけではなく、あちらこちらで立ち止まりながら匂いを嗅いでいる。八部鬼衆のしもべなら、飛び抜けて妖力が高いはずだから、すぐにヒカゲの妖気を捜し当てられそうな気もするけれど、そう簡単には見つからないらしい。

しばらくタソガレオオカミの様子を眺めていた春馬は言った。

「妖気が紛れているな。近頃、現世には凶悪なあやかしが増えたのだ。ゆえにタソガレオオカミでも見分けにくくなっている」

「なんでなのだ？　現世には小動物くらいのあやかししかいないはずなのだ」

「うむ……」

凶悪なあやかしが急に増えた理由が、なにかあるのだろうか。特に周辺では異変は感じていないけれど。

口を噤《つぐ》んだ春馬は話題を変えた。

「ヒカゲは臆病で富單那にしか懐かない性質だったな。誰かの世話になっているという可能性は低い。やはり公園などに隠れているのではないか？」

「そうだと思うのだ。おーい、ヒカゲ！　どこにいるのだ〜」

富單那が呼びかけるが、答えは返ってこない。

やがて私たちは公園へ足を踏み入れた。

イチョウ並木の美しい公園は、はらりはらりとイチョウの葉が舞い落ちている。銀杏の亜麻色の殻《から》があちらこちらに点在していた。

「ワン！」

ひと声鳴いたタソガレオオカミは、並木道の奥へ駆けていった。

樹木の周りでうろうろするが、周囲にはそれらしきあやかしはいない。

「ワンワン！」

「この木が怪しいのだ！と、タソガレオオカミはそう言ってるのだ。ボクは言葉が話せないあやかしの言ってることもわかるのだ」

「だが、姿が見えないな。どこにいる？」

見上げたイチョウの木は、なんの変哲もないように見える。

それとも地中に潜っているとか？

「おーい、ヒカゲ～。ボクなのだ、迎えに来たのだ」

富單那の呼びかけにも答えはない。本当にここにいるのだろうか。

困り果てた私に、富單那が目配せを送る。

「ここは夜叉姫の出番なのだ。特殊能力でヒカゲを見つけてほしいのだ」

「私の能力で……？」

でも、どうやって。

私はイチョウの木に手をかけた。ざらりとした手ざわりの表皮は硬い。もしも、ヒカゲが木と同化したなんてことになっていたら大変だ。イチョウの木のみを再生させて、ヒカゲだけを取り出すことができるだろうか。

「そうね。やってみるわ」

うまくいくかもわからない。もしかしたらイチョウは若木に戻るのではなく、枯れてしまうかもしれない。けれど、ヒカゲを救うためにやってみよう。

両手を表皮につけて、体の奥底から力を送り込む。てのひらから発せられた温かな光が、樹木の核を浮き上がらせた。この核が、命の源だ。

だが樹齢を重ねた核は光を取り込めず、わずかに光っただけで、樹木の中に消えてしまう。

失敗した……？

そのとき、ぶわりと空からイチョウの葉が降ってきた。

「えっ……!?」

私の頭にも肩にも、大量に葉が降り積もる。イチョウの形をしたその葉は真紅に染まっていた。まるでもみじのようだ。

どうやら能力がまた妙な方向に働いて、イチョウの葉を赤く染めてしまったらしい。

私たちの周りに、はらりと最後の一枚が落ちる。

黄金の並木道の一角に真紅のイチョウが降り積もっているという異様な光景だ。

「葉の色が赤くなったのだ。ヒカゲと同じ色なのだ」

「……おい。俺の頭にくっついてるやつなんだが……」

不機嫌そうな春馬の言葉に、私と富單那が目を向ける。

春馬の猫耳の狭間には、真紅のトカゲのようなあやかしがぺたりとくっついていた。

「ヒ、ヒカゲ～！　やっと見つけたのだぁ」

「ピチュ、ピチュウ～！」

パタパタと赤い翼を羽ばたかせたヒカゲは、無事に富單那の手の中に収められた。

火竜だそうだが、羽の生えた赤いトカゲといった見かけで、とても小さい。声も小さく、ピチュピチュと鳴くのでまるで鳥のようだ。

ヒカゲを両手で抱きしめた富單那は「うんうん」と相づちを打ちながら会話している。

「帰り道がわからなくなったので、ヒカゲは木の上に隠れていたのだ。凶悪なあやかしがいるから、ボクの呼びかけにも答えられなかったそうなのだ。でもイチョウと一緒に落ちたのだ」

「凶悪なあやかし……？　どこにいるんだ」

「ワン！」

タソガレオオカミが尻尾を振ると、ヒカゲは「ピチュッ」と鳴いて、富單那の服の中に隠れた。どうやら子犬程度でも怯えてしまうらしい。これでは神世の居城までひとりで戻れないだろう。

「怖かったな、ヒカゲ。もう離さないのだ」

「ピチュ」

富單那とヒカゲは、きらきらの瞳で見つめ合う。

美しい主従愛だが、なんとも人騒がせだった。

「よかったわね。無事に見つかって」

「まったく。そんなに大切なら、ひとり旅なんかさせるな」

苦言を呈した春馬に、富單那は唇を尖《とが》らせる。

「大切だから、ひとり旅したいっていう願いを叶えてあげたのだ。そういう愛情なのだ」

「ピチュウ」

大切だから離したくないという気持ちもあるし、大切だからこそひとり旅をして成長してほしいという気持ちもわかる。

富單那とヒカゲは主従関係だけれど、親子や夫婦にも言えるのではないだろうか。

私は富單那の言葉を心に染み込ませた。

私だったら、どうかな……？

たとえば子どもがひとり旅したいって言ったら、許すのかな。

少しふっくらしたお腹をさすりながら考えてみる。

そんな日が訪れるのはまだまだ先だけれど、いろいろと思い描いてしまう。

そのとき私は春馬のそばにいて、子どもの成長を見守るのだろう。

さらさらと風にのって、真紅に染まったイチョウの葉が散っていく。

「くぅん、フンフン」

「解決したから羅刹のところに戻る、ってタソガレオオカミは言ってるのだ。ありがとうなのだ、助かったのだ」

タソガレオオカミは「ワン！」と鳴くと駆け出していった。その後ろ姿を見送り、ほっとひと息つく。

「それじゃあボクたちも帰るのだ。神世へは春馬の屋敷にある闇の路が一番近いから、そこまで一緒に行くのだ」

「ちょっと待て」

地獄の底から聞こえるかのような春馬の低音が響いた。

猫耳のフードを被った春馬は、ぽんと富單那の肩を叩《たた》く。

「おまえ、ヒカゲを見つけたら、もとの姿に戻る方法を教えると言ったよな？」

「えっ？　そんなこと言ったのだ？」

富單那は大きな目をぱちぱちと瞬《しばた》かせている。

本当に自分の発言を忘れているようだ……。

「とぼけるな。もとの姿に戻るにはどうするのだ」

「それはぁ……金平糖の幼児化成分が体から消えたら、もとに戻る……かもしれないのだ」

「かもしれないだと!?　はっきりわからないのか？」

「戻るのだ。はっきりしてるのだ。でもぉ……」

「まだなにかあるのか!?」

詰め寄る春馬に、富單那は天真爛漫《てんしんらんまん》に微笑んだ。

「いつになるかはわからないのだ。明日かもしれないし、百年後かもしれないのだ」

「なんだと……」

その答えに春馬は碧色の目を見開いた。一方、富單那はけろりとして返す。

「百年後でも問題ないのだ。どんな姿でも鬼神であることに変わりないのだ。子どもの姿が嫌なら百年くらい引きこもってればいいのだ」

「おまえな……」

古代から生き続けている鬼神たちにとって、百年はさほどの年月ではないという感覚なのだ。

春馬がもとの姿に戻るのが百年後だとしたら、私はもうお婆ちゃんになっているか、すでに亡くなっているだろう。

でも、それもいいかな、と思える。

どんな姿でも春馬は春馬だ。

彼がそばにいてくれるという安心は何物にも代えがたく、我が子と一緒に子どもの春馬の面倒を見たり……なんて、そんな未来も思い描けた。

「とにかく帰りましょう。ヒカゲも今後は富單那に心配かけちゃ駄目よ」

「ピチュウ……」

反省してくれたらしいヒカゲは小さく鳴いた。

私たちはイチョウ並木を抜けて、屋敷の方向へ歩いていった。

すると、ふと春馬が夕暮れに染まった空を見上げる。

「む……」

彼の視線を追うと、茜色《あかねいろ》の空に雲が棚引いているが、そこに一片の黒い布のようなものが目の端にとまった。

落とし物が風で飛来したのだろうか。黒い布は、すうっと溶けるようにすぐに見えなくなる。

富單那の肩にとまっていたヒカゲが、慌てて身を縮めた。

「ピキッ」

「ヤヌラだ。布のあやかしだが、現世を漂っているのは珍しいな」

春馬が解説する。

あれはヤヌラという名のあやかしのようだ。現世で見かけるあやかしの中では、珍しく大きいような気がする。ああいったあやかしがいたので、ヒカゲも怖くて動けなかったのだろう。

「害はないの？」

「大抵はない。だが、凜の腹から発せられる子の神気に気がついたら、凶暴化するかもしれないな。近づけさせないよう、気をつけなければならない」

「私の……子の神気……」

お腹に手をやってみると、ものすごい量の神気が発せられているのがわかる。鬼神の子なので、胎児でも神気が並外れて高いのだ。

「あやかしが鬼神の胎児を喰らうと、神をも凌《しの》ぐ力が手に入るという噂がある。ゆえに、凶悪なあやかしに狙われやすくなるのだ」

「その話は両親から聞いたことがあるわ。だからお母さんは妊娠してから、お父さんに守ってもらったって」

「うむ。鬼神がそばにいれば大丈夫だ。生まれるまでもうしばらくだ。現世には凶悪なあやかしはそう多くないから心配はない」

「そうね」

両親が私を守ってくれたように、今度は私たちがこの子を守る番なのだ。

春馬がいてくれるのだから、なにも心配はない。

そのとき、落ち葉に足を滑らせたのか、ずるりと春馬が前のめりに転んでしまった。

「うぐ……不覚……」

「うふふ。大丈夫？」

胴を抱えて立たせてあげる。怪我はしていないようだ。小さな膝についた泥を払ってあげると、富單那は笑いながら言った。

「夜叉姫はお母さんみたいなのだ。優しいのだ」

お母さんという響きが、私の胸をほっこりと温める。

私は子どもが生まれたら……優しいお母さんになれるかな？

その期待感を持って、必ず我が子を守ろうという決意が胸に込み上げた。

やがて屋敷へ到着する頃には、天に藍《あい》の帳《とばり》が降りていた。明るい星がきらきらと空に瞬《またた》いている。使用人が「お帰りなさいませ」と玄関の外まで出迎えてくれた。

「遅くなったのだ。みなに心配かけたのだ」

「おまえの家じゃないんだぞ」

鷹揚《おうよう》に挨拶する富單那に、苦笑いした春馬がつっこみを入れる。

幼児ふたりは強烈な鬼神の神気を放っている。神気はあきらかに春馬のものなのに幼児の姿なので、使用人たちは混乱しているようだ。困った私の口からは「この子たちは、ちょっと、あの……」という曖昧《あいまい》な言葉しか出なかった。

富單那は玄関に入らず、庭園のほうへ回った。

「せっかくだから歓迎したい気持ちはわかるが、ボクは神世に帰るのだ。いつもの居城の部屋に戻って、ヒカゲを安心させてあげたいのだ」

「歓迎したいとはひとことも言ってないが、そうしろ。もう厄介事を持ってくるなよ」

「それは約束できないのだ。でも今回のことでヒカゲも懲《こ》りたと思うのだ。しばらくは居城でおとなしくしてるのだ」

富單那が庭園の一角に手をかざすと、空間が切り取られて闇の路が現れた。現世と神世をつなぐトンネルの役目を果たしている。

「気をつけてね、富單那。また会いましょう」

私がそう言うと、闇の路に足を踏み出しかけていた富單那は振り返り、満面の笑みを見せた。ヒカゲも「ピチュ」と鳴いて羽を広げている。

「ありがとうなのだ、夜叉姫。飛行機のズック、大切にするのだ」

すうっと闇の路が閉じると、そこには侘《わび》しい静寂が漂った。冷たい秋風が、ハナミズキの樹木にわずかに残った赤い葉を揺らしている。

春馬は小さく嘆息した。

「やれやれ。最後に靴の礼とはな。あいつらしい」

「よほど気に入ったのね」

縁側の沓《くつ》脱ぎ石に、春馬はもともと富單那が履いていた草色の靴を脱いだ。

今日の出来事の残り香に、嵐が去っていった寂寥《せきりょう》を覚える。

廊下に入ると、使用人の鹿乃《かの》さんが不審そうな顔でこちらを見ていた。

鹿乃さんは見た目は人間の女性で、私の母親くらいの年齢だけれど、鹿のあやかしとの半妖《はんよう》だそうだ。屋敷に勤めている古参の使用人である。

「奥さま……その子はまさか……？」

鹿乃さんも春馬の発する神気で本人だとわかったようだ。

春馬は被っていた猫耳のフードを外すと、いつもの調子で鹿乃さんに言った。

「少々の事情が生じた。しばらくこのままだ」

「まあ……やはり旦那さまなのですね。それじゃあ、夕ごはんはハンバーグにしましょうね」

がくりと肩を落とした春馬は廊下に突っ伏した。体が小さいので、すぐに地面に着いてしまうのだ。

「子ども扱いか……まあ、仕方ないが」

無事にヒカゲは見つかって富單那は神世へ帰ったけれど、困った問題が残った。

金平糖の効力が切れて、春馬が大人の姿に戻れるのが一日か百年後かわからないのである。

私は春馬を抱き起こしながら笑いかけた。

そんな私に、春馬は不服そうに眉を跳ね上げる。

「きっとすぐに戻るわよ。私は今のままの春馬でも大好きよ」

「うむ……そうか」

彼自身は今の状態に納得がいかないようだが、大好きという言葉にはまんざらでもなさそうに照れていた。


そのあと夕飯になり、春馬にはハンバーグのお子さまプレートが提供された。チキンライスには国旗の飾りがついている。デザートにはプリン付き。

もちろん春馬は頬を引きつらせていた。

「子どもの味覚だから、食事も合わせたほうがいいんじゃないかしら」

「……そうだな。手が小さいので箸を扱いにくい。フォークで食べるとするか」

お子さま用の小さなフォークを手にした春馬は、これまでの感覚と違うせいか、うまくハンバーグを切ることができない。

「感覚が変わったから、うまくいかないわよね。私が食べさせてあげる」

「……うむ。頼む」

隣に身を寄せた私は、小さなフォークを預かると、ハンバーグを一口大に切って、それを春馬の口元に持っていく。

「はい。あーん」

「……あーん、とは口を開けろという意味か？」

「そうよ。春馬も、あーんって言ってみて？」

「……あーん」

非常に恥ずかしげではあるものの、春馬はあーんと言って大きく口を開けてくれた。頬張ったハンバーグを、もぐもぐと咀嚼《そしゃく》する姿は最高にかわいらしい。

「チキンライスも食べようか。もう一度、あーんしようね」

「……凜。楽しんでないか？」

「楽しいわ。私、小さな子の面倒を見るのが好きみたい」

「なんだ。俺でなくても幼児なら誰でもいいのか？」

「どうかなぁ……。はい、あーん」

スプーンですくったチキンライスを春馬の口元に持っていく。

春馬は嫉妬したのか、今度はあーんを言わずに口を開け、不満そうな顔でもぐもぐと頬を膨らませていた。

もちろん春馬を愛しているから面倒を見たい。過保護な彼には今までたくさんのことをしてもらったから、それを返したいという思いもある。

でも、相手が春馬でなかったらやらないのかといえば、そうではない。彼にするのと同じように小さな子の面倒を見たい。子どもが生まれたらこんなふうにお世話をするのかなと想像して、幸せな気持ちになる。

「私たちの子どもが生まれたら、きっとこんなふうなのね……」

「……そうだな。凜はよい母親になる」

「そう言ってもらえるのは嬉しいけど、私は〝よい母親〟がなにかも、よくわかってないのよ」

「子どもを愛する母親だろう。今、凜はハンバーグが切れない俺に手を貸した。そういった小さなことが、母の愛情のひとかけらなのだと俺は思う」

「そっか……家族の生活は、小さなことの積み重ねなのよね」

結婚がゴールでもないし、出産して終わりでもない。家族とはそこからが出発点なのだ。小さな愛情のひとかけらが積み重なり、固い絆が結ばれるのだろう。

「しかし、父親がこんな幼児では、子どもに示しがつかないな」

「いいんじゃない？　パパは鬼神だって、いつかは教えないといけないわけだし、初めから幼児ならそれがふつうだと思うんじゃないかしら」

「凛は、俺がこの姿のままでもいいのか？」

「どんな姿のあなたでも愛しているわ」

思わず本音がするりと出た。

すると、かぁっと春馬が顔を赤らめる。

私、今とても恥ずかしい台詞を言ったんじゃないかしら……。

私も顔を熱くして、ふたりでしばらく見つめ合っていた。

「そ、そうか」

「う、うん。春馬だって、そうでしょ？　私が幼児になっても気持ちは変わらないんじゃない？」

この質問をしてから、私の胸の底に恐れが走った。

いくら愛し合っているとはいえ、気持ちまでもが同じだと考えるのは幻想ではないかという危惧《きぐ》があったから。

けれど春馬はすぐに答えを返す。

「無論だ。幼子の凛ならば今以上に愛《め》でて、屋敷の奥にかくまっておかねばならぬ」

「それ、座敷牢っていうやつじゃない？　金平糖を食べたのが私じゃなくてよかったわ」

笑い合った私たちは、デザートに手をつけた。

私たちはやはり同じ気持ちを共有しているのだということを確認して、私は安堵《あんど》した。

夕食のあと、なぜか春馬はそわそわしだした。

このあとは入浴して就寝するわけで……でも三歳児程度の小さな体の春馬では湯船を跨《また》げないだろうし、転んだりしたら危険だ。ひとりで入浴はさせられない。

「春馬、一緒にお風呂に入りましょう」

「一緒に……風呂に……だと？」

こうなる展開はわかっていたと思うのだけれど、春馬は眉根を寄せて、ごくりと息を呑んだ。

私たちは夫婦なのだから、一緒に入浴してもなにも問題ない。ただ、ふたりで入浴するという機会はこれまでに一度もなかった。

「春馬ひとりじゃ入れないでしょ？　せっかくだから体を洗ってあげる」

「そう軽く言うがな……心まで幼児になったわけではないのだぞ」

「そうね？　春馬は私の夫なんだから、裸を見られても全然平気よ」

「いや、だからな……まあ、いい」

春馬には思うところがあるようだが、初めてのふたりきりの入浴なので照れているのだろうか。

ふたりで脱衣所に入り、服を脱がせてあげようとしたら、春馬は素早くパーカーとズボンと下着を脱ぎ、全裸になった。からりと扉を開けて広い浴室に駆け込んでいく。

「走ったら危ないわよ」

「平気だ」

私もワンピースと下着を脱ぎ、浴室に入る。

すると檜《ひのき》の湯船によじ登ろうとしている春馬を発見して、慌てて支える。

「滑ったら危ないから無理しないで」

「子ども扱いするな」

「今は子どもなんだから、気をつけて」

春馬を抱きかかえた私は、ともに湯船に入る。

不服そうに唇を尖らせた彼は私と目を合わせようとせず、そっぽを向いていた。

なにが気に入らないのだろう。それとも単に照れているだけなのだろうか。彼は私の裸なんてもう何度も見たはずなのに。

「背中を流してあげるわね。旦那さまの背中を流すのって、実は密かに憧れてたの」

「……好きにしろ」

湯船から出ると、春馬はちょこんと椅子に腰を下ろす。

幼児なので背中がとても小さい。両手で覆えるくらいだ。

タオルを泡立てた私は、つやつやの肌が傷つかないよう、ゆっくりと擦った。

背中を向けた春馬は黙って、されるがままになっている。

「なんだか不思議ね。春馬の背中はすごく広いと思っていたのに、こんなに小さいなんて。子どもの姿だから当たり前なのにね」

「……小さな俺は頼りないか？」

「ううん。頼りないっていうわけじゃなくて、私が守ってあげないとって気持ちが湧いてきてるの」

「そうか。やはり俺の花嫁は豪気だ」

「なにしろ鬼神の花嫁だもの」

笑いながら、私は小さな体を流し終えた。それから頭も洗ってあげようとシャンプーを手に取る。それを見た春馬は、ぎゅっと目をつぶっていた。

亜麻色の跳ねた髪は手ざわりが心地よい。

わしゃわしゃと洗って、指の腹で頭皮も優しく擦る。

「少し前かがみになって。シャワーが顔にかかるから」

「こうか」

小柄なので、前かがみになっても下を向いたくらいの角度にしかならない……。

仕方ないのでそのままシャワーで頭を洗い流すが、盛大に春馬の顔にお湯がかかってしまった。

「ああっ、目に入った？　はい、タオル」

タオルを渡すと、濡れた顔を拭いた春馬はひと息つく。

「子どもの髪を洗うときは工夫が必要だな。お湯が目に入ると大騒ぎになりそうだ」

「想像つくわね……。赤ちゃんのときは仰向けに抱っこして洗うとして、三歳くらいになったらどうすればいいのかしら？」

「やはり泣きわめくしかないのだろう。そんな騒ぎをしているうちに、すぐ自分で髪を洗うようになる」

家族の幸せな未来を想像して、ほっこりと心が温まる。

すると、すっきり洗って仁王立ちになった春馬が言い放った。

「よし。俺が洗ってやる」

「子どもを？　パパがお風呂に入れてくれるのは助かるわ」

「それはまだ先の話だ。今度は俺が凜の体と髪を洗ってやると言っている」

「え……」

いくら幼児の姿とはいえ、それは恥ずかしい。

「じゃあ髪だけお願いしようかな。体は自分で洗うから」

「いいだろう。身をかがめるのだ」

長い黒髪を懸命にまとめた春馬は、シャンプーをつけて泡立たせる。小さな手に頭皮を撫でられて心地よい。彼は毛先まで丁寧に洗ってくれた。

そして洗い流すときには、やはりシャワーを頭からかぶることになる。

シャンプーやお湯が目に入ってしまい、大惨事だ。

「自分で洗うときはうまく避けてるはずなのにね……」

「すまぬ、凜。目は染みないか？」

「染みてるわよ……。でも楽しいの、すごく」

あなたといるだけで、楽しい。

困ったことも楽しいと思えるなんて、やはりそこに愛情があるからだろうか。

きっと子どもが生まれても、こんなふうに笑い合いながら過ごせるのだと思うと、私の未来には希望しかなかった。

そのあとまた湯船に入った私たちは手で水鉄砲をしたり、タオルを膨らませてクラゲを作ったりして楽しく遊んだ。まるで童心に返ったようだ。子どもが生まれたら、こうして一緒に遊ぶ予行演習に思えた。

お風呂からあがり、ほかほかに温まった体を子供用の浴衣に包んだ春馬は、ぐしゃぐしゃと髪をかき混ぜる。

「駄目よ。きちんと拭いて」

「癖毛だからどうせ跳ねる」

「風邪を引かないように拭くのよ」

「凛こそ髪が長いのだから、きちんと拭いたほうがいい。俺が拭いてやる」

と言うものの、手が届かないので、私はかがんで春馬に髪を拭いてもらった。

それはとても覚束《おぼつか》ない動きだったけれど、春馬がタオルで黒髪を撫でる仕草は、まるで愛しいものをさするようで、愛情が伝わった。


子どもに変化した旦那さまと一緒にお風呂に入るという稀有な体験をしたあとは、就寝が待っている。

とはいえ、いつもの寝所で横になって寝るだけなので困ることはなにもない。

春馬に添い寝した私は、小さな胸をとんとんと優しく撫でるようにさすった。

仰臥《ぎょうが》した春馬は、ぱっちりと目を開いている。

彼は、ぼそりとつぶやいた。

「凜……やはり俺は、もとの姿に戻りたい。百年も待っていられぬ」

「そうよね。子どもの姿をした春馬もかわいいけど……あなたを子ども扱いしすぎたから不満に思った？」

「まあな。凜に面倒を見てもらうのも悪くないが、ずっとこのままでは困る。おまえに『守ってあげないと』と言われて、はっとしたのだ」

てのひらに触れている木綿の浴衣が、さらりとして心地よい。私は寒くないよう、布団を引き上げて春馬の首元にまでかけた。

「私はあなたの妻なんだから、旦那さまを守ってあげようというのは当然だわ」

「おまえがそう思うように、俺もそのように思っている。だが幼児の姿ではままならないことも多い。いつ、腹の子を狙って凶悪なあやかしが訪れるかもわからぬ。それに、おまえを手に入れるためにほかの鬼神が手を出してくるかもしれぬ。そのときにこの姿では、凜を守り切れない。だからな……」

春馬は小さな手を、胸に置いた私の手に重ねた。

「俺に、凜の能力を使ってくれ。俺を再生するのだ」

「えっ!?　でも、私の能力は成功するほうが少ないというか、まったくもとの通りに戻すことはできないのよ」

先ほど、イチョウの葉を赤く染めてしまったばかりだ。私の能力が万能でないことは春馬も知っているはずである。

春馬は碧色の目に強固な意志を込めて私を見つめた。

「大丈夫だ。俺は凜を信じる」

「春馬……」

「それにな、幼児の姿だと、指輪がつけられないのだ」

布団に置いていた拳《こぶし》を、春馬は開いた。そこにはふたりの結婚指輪が握られていた。

「あ……そういえばスーツをしまったときに、ないと思っていたのよ」

「なくしたら困るからな。おまえたちが代わりの服を買ってくるまで握りしめていたのだ」

春馬はそれほど、指輪を大切に思ってくれていたのだ。もちろん私にとっても、大切な結婚指輪だけれど。

私は左手の薬指にはめた結婚指輪をかざした。

いつ見ても、白銀の輝きはふたりの愛の証を表しているようで、心を強くしてくれる。

「私……あなたを、自分たちの子どもと重ねて面倒を見ていたわ。私たちの子どもが生まれたら、きっとこんなふうに楽しく過ごせるだろうなって。あなたが今のままの姿でも、変わらずに愛して守れる自信がある。……でもその一方で、私の心の隅が訴えかけるの。逞しい春馬の腕に抱きしめられたい、守られたい……って」

「俺もだ。凜をいつものように、腕の中に包みたい。だから頼む。ゆっくり力を注いでくれ。俺も手を添えている」

「……わかったわ。ゆっくりね」

私は春馬の小さな胸に置いたてのひらに、体の奥底から込み上げる光を発する。

それはとても弱く、春馬の命の核は現れない。

もしかしたら、失敗するかもしれないという恐れが脳裏を掠《かす》めた。

春馬は元通りの姿にはならず、化物のように変化することだってありえるのだ。

そのときやはり私は彼に罵倒《ばとう》され、夫婦でいられなくなるのかもしれない。今まで、あやかしたちの依頼でそうなっていたように。

でも『どんな姿のあなたでも愛している』と、私は言った。

私は春馬の外見がよいから好きなのではない。彼の気丈なところ、生真面目なところ、そして私にまっすぐに向き合い、愛してくれるところすべてが好きなのだ。

だから、失敗なんてない。

どんな姿でも、春馬であることに変わりはないのだから。

彼がすぐにもとの姿に戻りたいというのならば、私の能力で叶えてあげたい。

時間が経過して、幼児の春馬はうとうとしてきたようだ。

私と重ね合わせている彼の手が、ぽうと白い光を放っている。

なんだかふたりの力が合わさっているみたい。手を重ねているから、そう見えるだけだろうか。

ずっと力を注いでいるせいか、私も眠気に襲われてきた。

瞼《まぶた》が閉じる寸前、春馬の胸に命の核の片鱗《へんりん》が現れたのが見えた。

この核に光を移して……。

ふっと意識が途切れて、私は深淵《しんえん》へ落ちていった。


ゆっくりと意識が浮上する。

あったかい……。

気がつくと、私は逞しい腕に抱きすくめられていた。

目を開けると、そこには春馬の強靱《きょうじん》な胸板がある。ふたりの手はしっかりと握られていた。

春馬は元通りの大きな手に戻っていた。彼の左手には白銀の結婚指輪がはめられている。

「は、春馬……戻れたのね」

睫毛《まつげ》を瞬いた春馬は、うっすらと微笑んだ。彼の睫毛は眩い朝陽で白銀に輝いている。

「おはよう、凜。体中におまえの力を感じた。おかげで完全にもとに戻れたようだ」

「よかったわ。眠っている間に……あら？」

ふたりが眠っている間に、春馬の体に力が行き渡ったらしい。

起き上がった私は春馬の姿を目にして喜び、そして頬を引きつらせた。

「どうした、凜？」

「うん……あの、完全にとは、やっぱりいかなかったみたい……」

春馬は碧色の双眸を瞬かせている。

本人からは見えないのだけれど、明らかに以前とは異なる部分があったのだ。

私は黙って手鏡を渡した。

鏡を見た春馬は驚嘆する。

「なんだ、この髪の色は⁉」

普段は亜麻色の春馬の髪は、白銀に染まっていたのである。もちろん睫毛もプラチナで、きらきらと光り輝いていた。

「……髪と目の色だけなら薛茘多みたいね。ほら、同じ眷属だと同じ色の髪と目になりがちだし……私と兄さんも、お父さんからの遺伝で黒髪に赤い目だし……」

つまりは髪や目の色なんて、さほどの差違ではないと言いたかったのだけれど、むっとして手鏡を置いた春馬は私の体を抱きすくめて褥《しとね》に沈めた。

「寝所でほかの男の名を出すな。俺と薜荔多は同じ増長天の眷属だが、決して兄弟分のような関係ではない」

「そうね。鬼神はみんないがみ合っているような、仲がいいような……どうしてそうなのかしら」

春馬の白銀の髪を撫でながら、ほっとしていた。

もとに戻せなかったのは、髪の色だけだったようだ。春馬はいつもの強引で独占欲の強い彼である。

「こんな俺は好きか？」

「……好き」

「俺もだ。好きだ」

柔らかなくちづけが降り、陶然《とうぜん》とする。

私たちは朝陽の中で何度も接吻《せっぷん》を交わして愛情を確かめた。

第二章　6か月　悲しき別離

富單那の一件からしばらくが経ち、屋敷で平穏に暮らす日々が続いた。

やがて雪がちらちらと舞い散る頃、私は妊娠六か月を迎えた。安定期に入ったので、ほっと一安心だ。

お腹は妊娠しているとわかるほど大きくなり、つわりが終わったのでなんでも美味《おい》しく食べられる。少し体重も増えてきた。

「あっ……また動いた！」

赤ちゃんの胎動だ。

ソファに座っていた私のお腹の中で、ピクン、ピクンと、はっきりした動きがある。

自分の体の中に、命が存在している。それが明瞭にわかる。なんて奇跡なんだろうと、私は妊娠の喜びのひとつを知った。

ピクンピクン、と規則的な動きをするのは赤ちゃんのしゃっくりだそうで、横隔膜が痙攣《けいれん》しているのだそう。そういえば、生まれたばかりの赤ちゃんがしゃっくりをしているのを見たことがある。

逆に大きく動くのは、胎児が体を回転させるローリング運動をしているときなのだとか。逆子になったりしたら困るので、あまり動かないでほしいけれど、胎動を感じるたびに喜んでしまうという複雑な母心だ。

やがて胎動は収まった。赤ちゃんは眠りについたようだ。

「ふう……おやすみなさい」

深い息を吐くと、そこへ春馬が部屋に入ってきた。

「凜。体調はどうだ？」

「今、赤ちゃんの胎動があったの。すごく元気がいいのよ」

白銀に染まった春馬の髪は、日が経つにつれてもとの亜麻色に戻っていった。どうやら毛の色の変化は一時的なことだったらしい。

本日は休日なので、彼は仕事用のスーツではなく、ラフな白のタートルネックにスラックスを着ていた。

春馬は私の隣に腰を下ろして、大きくなってきたお腹に目を向ける。

「そうか。そんなに元気がいいなら、男だろうか……？」

ぎくりとした私は表情を殺して、平静を装った。

室内は暖房を入れているので暖かく、下半身が冷えないようブランケットをかけている。そばのテーブルには飲みかけのハーブティーから立ち上る湯気がたゆたっていた。

すべて私のためにと春馬が用意してくれたこの部屋はとても居心地がよい。私の心に吹き込んだ冷たい風とは正反対だ。

「もしかして、はっきり知りたい？　私は内緒のままでいいと思ってるけど……」

妊婦健診ではもう性別の判別ができる時期だ。

実は私はすでに医師から、お腹の子の性別を聞いていたが、春馬には『内緒にしましょうと、お医者様から言われた』と濁していた。

それというのも、政略結婚をした際に春馬は必ず世継ぎが欲しいという条件を挙げていたから。

ということは跡継ぎとして、男の子でなくてはならないのではないか。

お腹の子の性別は、女の子だった。

それを春馬に認めてもらえないかもしれない。

富單那と話したときにも、彼は『男に決まっている。鳩槃荼一族の跡取りなのだからな』と、生まれてくるのは男子に違いないと信じているようだった。それなのに、お腹の子が女の子ではがっかりさせてしまう。そう思うと、言い出せなかった。

男の子が欲しいとか、女の子が欲しいだとか、妊娠を望む女性の多くが悩むことではないだろうか。

もしも赤ちゃんが、旦那さまが望んだ性別ではなかった場合、なんて言えばいいのだろう。

誰かに相談できないかな。たとえば、お母さんとか……？

悶々として考え込んでいると、春馬はそんな私の横顔をじっと見つめ、肩に腕を回した。

「生まれたら否応なく性別はわかるだろう。それともほかに、心配なことでもあるのか？」

「う、ううん。べつに……」

今さら春馬に言えない。

お腹の子は女の子だと打ち明けて、もし残念がられたなら、この子は生まれてくる前から望まれない子になってしまいそうな気がして。

「大丈夫だ。無事に生まれてくる」

「うん……そうよね」

春馬は男の子が生まれると信じて疑っていないのだろうか。

そういえば、現世の八部鬼衆は父と那伽が長子、そして兄も長子だ。妹はいても、一番目に女子が生まれた前例がない。これまでは長子が女子という問題が起こらなかったから、春馬もそのことは想像していないのかもしれない。

うつむいている私に、春馬は微笑を見せた。

「凛。結婚式を挙げよう」

「……えっ？　どうしたの、突然」

顔を上げた私は驚いた。

入籍や結婚式などの手順をきちんと踏むとの話は以前したけれど、妊娠している最中はお腹に負担がかかるので、結婚式はまだ先のことだと思っていたから。

「今は大事な時期だから難しいが、子が生まれて落ち着いたら結婚式を挙げよう。色打掛や白無垢《しろむく》など着たいだろう？　ドレスもいいな」

華麗な和装や、お姫様のようなドレスを着るのは憧れだ。無事に生まれた子を抱いて、みんなに祝福されて式を挙げるなんて、どれほど幸福な気持ちに包まれるだろう。

「素敵ね……。結婚式、挙げたいな」

「そのための準備をしておくのだ。現世では式場を見学して衣装を選ぶという。この屋敷にあらゆる花嫁衣装を持ってこさせてもいいのだが……」

春馬の御曹司思考が始まった。止めないと、屋敷中がドレスや打掛で埋め尽くされてしまう。

「ううん！　式場も一緒に見られるから、見学に行きましょう」

「そうだな。雑誌で調べたところによると、神殿での挙式に招待客を呼んでの披露宴、または写真撮影のみなど多数のやり方があるようだ」

春馬は手にした雑誌をめくりだした。どうやら結婚情報誌を読んで勉強したらしい。

私たちの結婚を真剣に考えてくれている彼の心遣いが嬉しかった。

性別のことは、折を見て話そう。

そう決めた私は、春馬とともに情報誌を覗き込んだ。

翌日、私たちは近くの結婚式場を見学に訪れた。

広大な敷地にはチャペルや神前式用の神殿もある。披露宴会場は緋色《ひいろ》の絨毯が敷かれ、シャンデリアが飾られている、とても豪華な空間だった。

衣装室も見学したけれど、ずらりと並んだドレスに、数々の煌《きら》めく打掛は見るだけでも大変で、どれかひとつなんてとても選べそうにない。

悩んでいると、左手の薬指に指輪をはめたブライダルコンシェルジュの女性に声をかけられる。

「お客様、どうぞこちらへ。ご相談をうかがいます」

相談のためのテーブルに着いた私たちへ、にこやかな笑みで彼女は問いかけた。

「おふたりはどのようなスタイルの挙式にしたいですか？」

するど春馬は堂々と言い放った。

「金はいくらかかってもよい。できる限り豪華にしたい。花嫁にはすべての衣装を着せよう」

「すべての衣装というのは……大体は神前式で白無垢、披露宴で色打掛とドレスといったコースになっておりますが、三着でよろしいですか？」

「そうではない。この式場が所有しているすべての衣装を着せたいと言っている」

ブライダルコンシェルジュの口元が引きつっている。

まったく無茶な提案である。ふたりで結婚情報誌を見たはずなのだけれど、春馬は基本的なことをわかっていなかった。

私は慌てて間に入る。

「あの、彼は外国暮らしが長いので日本の結婚式をよく知らないんです」

「まあ、そうなんですね。衣装はともかくとして、盛大な披露宴ですと招待客は三百名ほどでしょうか？」

「三百名……」

「大きな会社のご子息とご息女のお式ですと、千名ということもあります。まずは招待客の数に合わせて規模を決めてはいかがでしょうか？」

彼女の言う通りだ。

そもそも、どのような挙式にしたいか決めないと、衣装も選べない。しかも招待客を千名なんて呼べるわけがない。春馬の会社関係の知り合いを呼んでも、そんな人数にはならないだろう。なんだか幸せを見せびらかすみたいで気後れした。

「そうだな。しもべも呼ぶと千名くらいは……」

「あ、あの！　彼ともっとよく相談してからまた来ます」

話を進めようとする春馬の腕を、私は慌てて引いた。眉をひそめている春馬を連れて、式場をあとにする。

「どうしたのだ、凜」

「あのね……私は豪華にするより、こぢんまりした式にしたいな。結婚したことを自慢するために招待客を呼ぶわけじゃないから。私の側の招待客は両親と兄さんだけでいいと思ってるの」

というか、私には家族くらいしか招待する人がいない。春馬のほうで大人数の招待客を呼んだら、釣り合いが取れないだろう。

改めて、結婚式とはなにかと見学してみて考えさせられた。ふたりの永遠の愛を誓うための式だと思っていたけれど、同等の格の家柄の新郎新婦が、友人や仕事関係の知り合いを呼んで、結婚したことを宣伝するかのような意味に捉えてしまう。

春馬は小さく嘆息する。

「おまえは鬼神の花嫁だ。いくら現世での結婚とはいえ、それなりに格のある式を行わなければならない」

「だからその格っていうのがね、こだわらなくていいと思うの。豪勢にするにはたくさんの招待客が必要なのが式場側の常識みたいだし、うちにはそんなに呼べる人がいないのよ。近しい人だけを呼んで、神前式にしたらどうかしら」

「神前式か……考えておく」

春馬は不満そうだ。

神世の城主として君臨し、現世でも会社社長として大勢の人たちにもてはやされているであろう彼にとっては、家族だけを招待した神前式なんて、ちっぽけに感じるのかもしれない。

これが神世ならきっと大勢のしもべを招待して三日三晩の祝い事をし、鬼神の花嫁を着飾らせるといったことをするのだろう。それが春馬の中で常識となっているとすると、かなりの落差だ。

私はそれ以上、春馬を説得する言葉が見つからなかった。

生きてきた世界が違いすぎるので、互いの常識を覆すのは難しい。私がなにを言っても、無理に自分の意見を押し進めるだけになってしまいそうだった。

帰りの車中でも、春馬は沈黙していた。

結婚式ができると聞いてあんなに浮かれていたのに、意見の相違から、なんだか喧《けん》嘩《か》になってしまったような重い空気が漂う。

「……そういえば、私が初めて屋敷に来たとき、春馬が着物を用意してくれたじゃない？」

「ああ……」

「レンタルしなくても、あの中から選んで着たいな」

「そうか」

短くつぶやいた春馬は、車窓を眺めている。私の話を聞いていないようだった。

初めて屋敷を訪れたとき、花嫁のためにと数々の豪勢な着物を春馬が披露してくれて、『贅沢をしたいわけじゃない』と私が言ったあのときのやり取りが遠くに感じられる。

だから神前式でいいんじゃない……という言葉を私は呑み込んだ。

春馬はもう興味がないのか、外を見つめている。

雪が降りだしそうな曇天は、不気味な黒い雲が垂れ込めていた。

私は結婚式の話題から話を変えた。

「雪が降りそうね。今夜は冷えるかしら」

すると春馬は私の声かけを無視し、運転手に告げた。

「早く屋敷に戻れ」

「はい、ただいま。旦那さま」

絶望が私の心を占めた。

いつもなら私の言葉のひとつひとつを丁寧に拾い上げ、それに応えてくれる春馬なのに、無視されるなんて初めてだった。

よほど結婚式についての私の意見が気に食わなかったのだろうか。

がっかりした私はもうなにも言えず、車が屋敷に到着するまで無言だった。

春馬ももちろんそれから無言だったけれど、なぜか焦ったように車窓から空を見上げ、眉根を寄せていた。


屋敷に到着する頃にはすでに外は真っ暗だった。

重い曇天により、冬の陽が落ちたのはまったく見えなかった。

ほんのりと屋敷の明かりが灯っているのが、よすがのように思える。

それくらい、私の心は沈んでいた。

車を降りるとき、春馬は私の手を取ろうとしたけれど、すっと私は後ろ手に隠した。

彼は眉をひそめたが、なにも言わなかった。

主の帰宅に、玄関前で使用人たちが挨拶する。

「お帰りなさいませ。旦那さま、奥さま」

「俺は夕食はあとでいい。凛、ひとりで食べていろ」

「えっ!? そんな……」

夕食を一緒にとりたくないくらい怒ったのだろうか。呆然とした私はその場に立ちすくんだ。

「非常によくない気配だ。現世でこんな妖気を感じるのは初めてだ」

そうつぶやいた春馬は庭園の端へ向かい、五芒星を描いていた。それを屋敷の各所で行っている。どうやら、あやかしが侵入しないよう結界を強化しているようだ。

そういえばいつもより、辺りの気配が妖気に満ちている気がする。

でも屋敷に現れるのは猫や鳥のあやかし程度で、しかも鬼神の春馬がそばにいると、神気に圧倒された彼らは慌てて逃げてしまう。妖気があっても心配するほどのことではないと思うけれど。

縁側からふと空を見上げた私は、暗黒の曇天の端に、ひらりと布きれのようなものが舞ったのを目にした。

「あれは……」

見覚えがある気がする。確か、ヤヌラという名のあやかしではなかったか。

けれど一瞬だったので、見間違いかもしれない。

「ねえ、春馬」

春馬に報告しようと声をかけたけれど、彼は「家に入っていろ」と言っただけで玄関へ向かってしまった。

肩を落とした私は仕方なく部屋に入り、着ていた純白のコートを脱ぐ。

鹿乃さんがそれを受け取り、夕食の準備ができている部屋へ促された。

けれど、膳の前に座ったまま、私は箸を手にしなかった。

春馬と一緒に食事がしたかったから。

それによって、互いの冷えた空気が和解できるのではないかと思った。

だが春馬はいつまで待っても来ない。目の前の空席の膳が、ひどく寂寥感を私の胸ににじませた。

しばらくすると、おずおずと鹿乃さんがやってきて、「旦那さまは食事はいらないとのことです」と話した。

「どうか、奥さまだけでもお食事をなさってください。旦那さまはお忙しいようですから」

「そんなこと……」

わかってるわ、と乱暴に言いそうになり、口を噤む。

機嫌が悪いのを鹿乃さんにあたるなんて、いけないことだ。

食欲はなかったけれど、お腹の子のために少し食事に箸をつけた。

その後、入浴して、くるぶしまで丈のあるふわふわの妊婦用ネグリジェに着替える。

それにウールのガウンを羽織ると、とても暖かい。

寝所に着くと、やはりそこに春馬の姿はなかった。

わかってはいたけれど、なぜか肩を落としてしまう。

私は薄い几帳《きちょう》をめくり、枕がふたつ並べられた布団に入った。

けれど体を横たえず、座ったまま春馬を待つ。

先に寝ている気にはなれなかった。どうしても話をしたかった。

やがて足音がして、寝所の扉を開ける音が耳に届く。

現れた春馬は起きている私を見て、驚いた顔をした。彼は外出したときのままの格好だった。

「まだ起きていたのか。俺はやることがあるから、先に寝ていていいぞ」

「やることって、なに？」

「凜は気にせずともよい。ゆるりと寝ていろ」

まるで私は無関係のように諭されて、むっとした。ささくれ立った気持ちが喉から迸《ほとばし》る。

「私が春馬の方針に逆らったから、無視するの!?」

こんなふうに喧嘩腰になってはいけないとわかっているのに、止められなかった。

胸の中に溜まった澱《おり》を吐き出さずにはいられない。

眉をひそめた春馬はこちらにやってくると几帳をめくり、腰をかがめた。

だがもちろん布団には入らない。外出着のままなのだから。

「無視などしていない。なにを怒っている？」

「無視したじゃない。夕食も来なかったし……」

うつむいた私は涙声になっていた。寂しかった。春馬と話ができないのが。

「今晩は警戒が必要なのだ。俺は寝ないで屋敷を見張っている」

「えっ、眠らないの？」

「うむ。ではな――」

立ち上がって出ていこうとする春馬に慌てて声をかけて引きとめる。なにも説明になっていない。

「ま、待ってよ！　どうして⁉」

「凛、あまり興奮するな。腹の子に悪い。おまえは安心して休んでいればよい」

腹の子――。

春馬のもっとも大切なのは、やはり腹の子なのだろうか。

私の意思よりも、私との話し合いよりも、彼は腹の子を優先しているのだ。

「春馬は――」

なおも言い募ろうとすると、遠慮がちに寝所の扉がノックされた。男性の使用人が
「旦那さま、用意が整いました」と小声で告げる。

「よし。――ではな、凛。寝所の外には鹿乃をつけておく。なにかあったらいつでも呼べ」

私のことは鹿乃さんに一任するということだ。

そう言った春馬は、扉の脇で礼をする鹿乃さんの横を通り過ぎ、足早に主屋へ戻っていった。この寝所は朱塗りの橋を渡った先の別棟にある。

屋敷でなにか起こるのだろうか。気になるけれど、春馬は私にいっさい説明してくれないのでわからない。

「なにも心配ございませんから、奥さま。おやすみなさいませ」

「……おやすみなさい」

そっと声をかけた鹿乃さんは扉を閉めた。

屋敷の人たちは事情を知っているのだろうか。なんだか私だけがのけ者にされたようで疎外感を覚える。

納得いかないまま、私は仕方なく脱いだガウンをそばに置くと、布団に入った。

春馬の温もりがない褥《しとね》は、氷のように冷たい。

心が乱れたままなので、眠気は一向に訪れなかった。

「なにかあるなら教えてほしいのに……」

つぶやいた言葉が空中に溶けて消える。

何度か寝返りを打ったり、お腹をさすったりして、しばらくの時間が過ぎた。

すると、遠くから風の唸《うな》りのようなものが響いてきた。

オオオオォォ……──。

吹雪《ふぶき》にでもなったのだろうか。

体を捻《ひね》らせて几帳の向こうに目をやるけれど、雨戸と障子は固く閉ざされているので外の様子はわからない。

そうしていると、なんだか吹雪の唸りが近づいてきた気がする。

胸に不安を募らせて、耳を澄ます。すると、唸りに交じって「ギャア、ギャア」という、あやかしが威嚇《いかく》するような声が聞こえてきた。

「吹雪の音じゃないわ……あやかしが近づいてきてる?」

しかも凶悪なあやかしが複数、この屋敷に向かっているようだ。

いったい、なぜ?

春馬はこのことに気づき、警戒していたのだろうか。

布団から起き上がった私はガウンを着た。

そのとき、ズンッと屋敷が大きく揺れて、体をふらつかせる。

「な、なに、地震!?」

すぐに鹿乃さんが入ってきて、私のそばにやってきた。

「奥さま、大丈夫ですか!?」

「平気よ。でも、この感じ……」

地震とは違うと思えた。

あやかしの唸りがすぐ近くで聞こえるのだ。彼らが吠える声と、屋敷の振動が連動している。

「なにかあったのかしら。春馬の様子を見に行くわ」

「奥さま、いけません！」

寝所から出ようとすると、鹿乃さんに止められる。

一歩部屋の外に足を踏み出すと、朱塗りの橋越しに見える庭園は漆黒《しっこく》の布が覆い被さっていた。屋敷のあちらこちらで悲鳴と怒号が聞こえる。

「あれは……！」

不穏に蠢《うごめ》くそのあやかしは意思を持ち、触手のような切れ端でなにかを探っている。布の端にはひとつ目がついていて、それがギョロリとこちらを向いた。

「グオオォ……見つけたぞ……喰《く》わせろ、鬼神の子……」

このあやかしはヤヌラだ。

屋敷全体がヤヌラの支配下に置かれてしまったのだ。主屋のほうでは闘いが始まっているらしく、剣戟《けんげき》の音が響いてくる。

間近で見るとなんて凶暴なのだろう。いくつもの触手が襲ってきて、はっとした私はお腹をかばった。

覆い被さるようにして鹿乃さんが私の身を守る。

その刹那、バチッと青白い電撃が弾ける。

橋から内部へ侵入を試みようとした触手たちは、青白く浮かび上がった五芒星に阻まれた。

敵が怯んだので、私はおそるおそる顔を上げる。

どうやら橋には春馬の張った結界がいくつもあったので、それに守られたようだ。

「グオオ……壊せ……結界を……」

ヤヌラが命じると、漆黒の布に隠れるようにしていたほかのあやかしが現れる。

猿や猫などよく見る動物たちが目を吊り上げて、十匹ほどが一気に襲いかかってきた。

ヤヌラの手下たちは結界を壊そうと何度も体当たりをしては、弾き返されている。

だが、角のある獣のあやかしが突進すると、五芒星のひとつに亀裂が生じた。

そこに彼らは穴を開けようと、猛攻を仕掛けてくる。

結界が、破られそうになる。

「奥さま、寝所の奥へ……！」

鹿乃さんが私をかばいながら部屋へ押し込めようとした、そのとき。

結界の穴をくぐり抜けた猿の手が伸び、鹿乃さんを突き飛ばした。彼女は床に腰を打ちつける。

「うっ」

「鹿乃さん！」

「わ、わたしは大丈夫です。奥さま、寝所へお入りください！　外から鍵を閉めます」

そんなことをしたら鹿乃さんが、あやかしたちの餌食《えじき》になり、殺されてしまう。鹿乃さんを犠牲にするわけにはいかない。

「なにか武器を……！」

室内に敵を撃退できるものがないだろうか。

視線を巡らせたときにはもう、複数のあやかしたちが結界を通り、こちらに迫ってきていた。

私は体を起こせない鹿乃さんの前に立ち塞がる。

その瞬間、一閃《いっせん》が走る。

眩い閃光に、私は瞼を閉じた。

目を開けたとき、そこには私たちに背を向けた春馬がいた。

威風堂々と佇む彼は、手にした槍《やり》で襲いかかってきたあやかしたちを薙《な》ぎ払った。

「凛と鹿乃は寝所へ入れ！　ここは俺が食い止める！」

「春馬、でも私も……」

「凛、腹の子を守れ！」

私も彼の力になりたい。

けれど考えている暇はなかった。

鹿乃さんとともに部屋に入る。大怪我をしたらしい彼女は足を引きずっていた。

武器を手にした男性の使用人たちが集まり、動物のあやかしたちを迎撃していた。

けれどヤヌラの触手が翻《ひるがえ》ると、まるで紙切れを倒すかのように簡単に人を打ち払った。布のようなあやかしなのに、なんという剛腕だろう。先ほど屋敷を揺るがすほどの力を加えたのも、このヤヌラなのだ。

使用人たちは現世で家事を行うのが仕事なので、戦闘に慣れていない。春馬は彼らを守りつつ、屋敷全体を覆って攻撃を加えるヤヌラの触手とあやかしたちをあちらこちらで迎撃しなければならず、手が回らないのだろう。

「ヤヌラは俺が倒す！　おまえたちは下がっていろ」

そう叫んだ春馬の体から神気が漲《みなぎ》る。

服が裂けて、強靱な肉体が顕現する。鬼神の力が覚醒《かくせい》したのだ。

頭から生えた角に、凶暴な牙。そして何者をもねじ伏せる剛健な体は鬼神の証。

私は春馬が本来の鬼神に変化するのを初めて見た。なんて神々しく、そして恐ろしい姿なのだろう。

春馬が強靱な力で、ヤヌラの触手を引きちぎる。倒された人はその間に救護されていった。

「グゥ……鬼神の子……喰いたい……」

唸るヤヌラは私のお腹の子を狙っている。

あやかしが鬼神の胎児を喰らうと、神をも凌ぐ力が手に入るのだとか。

そのために、あやかしたちを集めて屋敷を襲ったのだ。普段は害のないはずのヤヌラなのに、どうして凶暴化したのだろうか。

春馬は冷静に問いかけた。

「ヤヌラよ。誰の命令で屋敷を襲った？」

「ウグウゥ……ウゥ……」

ぬらぬらと体をくねらせるヤヌラは苦しんでいるように見える。

「ヤヌラに本来はない神気の残滓《ざんし》のようなものを感じるな……」

春馬がつぶやいたそのとき、咆哮《ほうこう》をあげたヤヌラが襲いかかってきた。

槍をかまえた春馬が発した膨大な神気が辺りに満ちる。

私は室内で鹿乃さんの怪我の手当てをしながら、庭園での闘いを息を殺して見ていた。

破壊音が鳴り響き、神気と妖気が入り乱れて荒れ狂う。

やがて断末魔の悲鳴が屋敷に響いた。

ずるりと、天が剥《は》がれて、漆黒の布がちりぢりに砕ける。屋敷全体を包んでいたヤヌラが消え、朝陽が射し込んできた。

ヤヌラに追従していたあやかしたちは方々に逃げていった。庭園を巡回していた男性の使用人たちはみな、疲弊しきった顔をしている。

「終わったようね……。主屋へ行って様子を見てみましょう。鹿乃さんにも、ちゃんとした薬を塗らないと」

「わたしは大丈夫でございます。旦那さまはご無事でしょうか……？」

ヤヌラが消えたということは、春馬が勝ったのだ。

私は鹿乃さんに肩を貸して、白々と朝陽が射し込む橋を渡り、主屋へ向かった。

主屋はひどい状態だった。縁側は無残に破壊され、庭園の木々が薙ぎ倒されていた。闘いが過酷なものだったことを物語っている。

「春馬は……？」

主の間に赴くと、そこにはまんじりともせず、胡坐をかいている春馬がいた。

彼は頭から血を流し、体もかなり傷ついている。屋敷とみんなを守りつつ、あのような巨大なヤヌラと闘ったのだ。なんてひどい怪我を負わせてしまったのだろうと、私は息を呑んだ。

鬼神化は解かれていたけれど、彼の発する悋気《りんき》に誰も寄りつけないでいた。

私は慌てて彼のもとに駆け寄る。

「春馬！　なんてひどい怪我を……すぐに手当てしないと」

「腹の子は無事か？」

すうっと、私の心身から焦燥《しょうそう》が抜けた。

春馬の初めのひとことが、自分のことでも、まして私の心配でもなく、〝私が腹の子を守れたか〟だったからだ。そこに感情はなく、まるで城主が部下へ任務の確認をするようである。

「……無事よ」

「そうか。鹿乃」

「は、はいっ。旦那さま」

子どもが無事と知ると、すぐに春馬は鹿乃さんへ視線を移す。彼の碧色の目は疲れているのか虚《うつ》ろだったが、眼差しは険しかった。

突然名指しされた鹿乃さんは、すぐに平伏する。

「凛に危険が及んだのは、おまえの瑕疵《かし》だ。凛の側付きから外す。おまえに夜叉姫を守る資格はない」

鹿乃さんは深く頭を下げた。

あまりの対処に私は唖然とした。

確かに危ない目には遭ったけれど、鹿乃さんは身を挺《てい》して私を守ってくれたのに。

「鹿乃さんは私をかばって怪我をしたのよ!? 彼女が責められるいわれはないわ」

横から鹿乃さんが「奥さま、どうか」となだめる。

眦を吊り上げた春馬は、まっすぐに碧色の双眸を私へ向けた。

「わかっていないようだな。ヤヌラは腹の子を狙ったのだ。つまりすべての責は凜にある。おまえを守るために、みなは必死に闘った」

春馬の厳しい言葉が心に突き刺さる。

私のせいなんだ……。

春馬や鹿乃さんに怪我をさせたのも、屋敷が破壊されてしまったのも、すべて私に責任がある。もしもお腹の子を守れなかったら、私が取り返しのつかない事態を招いた責任を問われるということなのだ。

事実だけに、なにも言い返せなかった。

黙り込んだ私から、春馬は視線を外した。

「怪我をしている者は手当てをしろ。鹿乃は怪我が治るまで養生しろ」

「かしこまりました。大変申し訳ございませんでした」

「みなは席を外せ。凜と話がある」

使用人たちは、主の間から出ていった。鹿乃さんはひとりでは歩けないほどの大怪我で、担架《たんか》で運ばれていった。

私のために、みんなに怪我をさせてしまった。

罪悪感でいっぱいになった私は泣きたくなり、ぐっと奥歯を噛みしめる。

春馬のひどい傷を目にすると、胸の奥が締めつけられた。

「……春馬、血だけ拭かせて」

「好きにしろ」

顔から垂れている血の痕を、濡れた手拭いでそっとなぞる。

私のために流した血――。

そう思うと、ねぎらいも感謝の言葉もうまく出てこなかった。

春馬は表情を変えず、冷静に言葉を紡ぐ。

「ヤヌラは何者かにそそのかされて、鬼神の子を喰らおうとしたと俺は見ている。そいつの正体を掴まぬ限り、また凶暴化したあやかしが屋敷を襲ってくるだろう」

「ヤヌラは誰かに操られていたの？」

「おそらく八部鬼衆のひとりだ」

「えっ……」

「仕掛けてくる鬼神の心当たりはあるが、今は屋敷の再建が急務だ。凜の外出は当分禁ずる」

「……わかったわ」

そう言うしかなかった。

ほかにも話し合いたいことがたくさんあるのだけれど、春馬は私には部下のように対応するので、夫婦としての和やかさなど微塵《みじん》も挟めない雰囲気だ。闘いのあとなので、気が立っているのかもしれない。

「……だから、お願い。怪我の手当てをさせて」

「いらぬ。俺は今、この痛みに耐えることが俺の咎だと思っている」

「どうして？　屋敷が破壊されて、傷ついた人たちがいたから？」

「そうだ。守るべきものを、これからも守り抜くために」

私は、春馬を傷つけることしかできないのだろうか。

彼を幸せにできないのか。

また同じようなことが起こったら、そのときはやはり屋敷が破壊され、屋敷の人たちにも被害が及び、春馬を命の危険に晒してしまうかもしれない。穏やかだった屋敷での暮らしまで破綻の危機に陥っている。

結婚式を挙げようと楽しく話したのは、つい先日のことなのに、あの幸せが遠ざかった。

私たちは夫婦ではなく、鬼神の子を守り抜くための上司と部下なのだろうか。

冷酷な春馬の対応がつらかった。

けれど命をかけてヤヌラと闘ってくれた彼に、笑ってほしいなんて要求できるわけがない。

私は無言で、春馬の体の血を拭き続けた。

春馬のほうも考え事をしているのか、私にそれ以上なにも声をかけなかった。

この沈黙が、痛くもあり、そして夫婦としての変化を感じさせた。


その日から屋敷の再建が進められた。

無残に破壊されてしまった庭園や縁側に多数の職人が入り、元通りに修復していく。

どうやら屋敷の一部を改修するのみで済むようだった。

屋敷の各所には多くの結界が張られ、ネズミのあやかしすら入れないようになっている。春馬の結界は人間には効かないので、職人たちは平然としていた。あやかしは紛れ込んでいないということだ。

私は春馬の言いつけ通り、屋敷から一歩も出ないようにしていた。

ヤヌラに襲われたあの日から、春馬は苛立っていて、部下すらもおそるおそる話しかけるような有様だ。

私とも、どこかぎこちない会話で、なんだか気まずい。

そんな様子なので、使用人たちはみんな終始緊張していた。

沈黙の中で行われた朝食が終わり、春馬が会社へ向かう時刻になった。

だけど最近は会社の仕事は部下に任せて、ヤヌラを操った者を調査しているらしい。

玄関へ見送りに出ると、春馬は監視人のような厳しい目を私に向ける。鬼神の力なのか、彼の怪我はかなり回復していたことだけが救いだった。

「いってくる」

「いってらっしゃい。会社じゃなく、あのことで調査するの？」

「詮索は無用だ。なにかあったらすぐに連絡しろ」

命じた彼は膨らんだ私のお腹に目をやる。

なにかあったら、というのは腹の子が危険な状態になったときのことを指している。

彼は、跡取りのことしか心配していないのだ。

実は、女の子なのに……。

こうなると、いっそう『お腹の子は女の子なの』と告げる機会が遠のいてしまった。

春馬が跡取りの心配をするほどに、後ろめたさは膨れ上がっていく。

春馬はすぐに背を向け、部下を伴って車に乗り込んだ。

私への気遣いなど、ひとことも口にしない。

春馬の冷たい対応が、まるで私は子どものための器というだけの存在と思わせてしまう。

私たちは愛を確認した仲なのに、それはとても脆《もろ》いものだったのだろうか。ちょっとした意見の違いや、危機的状況を乗り越えられないほどに、愛情は上辺だけだったのか。

私より、子どもが大切なの？

そんなこと、とても聞けない。

春馬なら平然として『そうだ』と言いそうだ。

それに私と子どものどちらが大切かなんて、比べるものではないとわかっている。

私だって赤ちゃんが大切だ。春馬と同じくらいに我が子を愛している。

この子を守ることが私の務めだとしたら、この屋敷にはいないほうがいいのではないか？

ヤヌラを操ったのが何者かわからないが、鬼神の子がここにいるとわかっているのなら、またほかのあやかしを使って襲ってくるはずだ。それなら屋敷にいるより、むしろ居場所を変えたほうが敵を攪乱《かくらん》できる。

春馬の去った玄関から無表情で踵を返す私に、包帯を巻いた男性の使用人が微笑みを向けた。

「奥さま、ご安心ください。奥さまの御身は必ずお守りしますから」

　鹿乃さんの代わりに側付きになった女性の使用人も、ぎこちない笑みを浮かべる。

「そうですよ！　あやかしなんてどうってことありません。今度は私が捻り潰します」

「みんな、ありがとう」

　苦笑した私は彼らの励ましに礼を述べる。

　現世で平穏に暮らす彼らのほとんどは、ヤヌラのような凶悪なあやかしに対峙したのは初めてで、死を予感するほどの恐怖を感じたはずだ。鹿乃さんをはじめ、大怪我を負い治療を受けている者も多数いる。

　それなのに逃げ出すどころか、屋敷に留まって私を守ろうとしてくれる彼らに申し訳なかった。

　屋敷の人たちを、これ以上危険に晒したくない。

　なにより、愛する春馬にもう二度と私のせいで傷ついてほしくなかった。

　私がそばにいないことで彼を守れるのなら屋敷を出よう――。

　そう決心した。

　側付きの女性がお茶を淹《い》れに行っている間に、私は自室に戻り、コートを手にする。

　廊下を渡り、こっそり裏口から出た。使用人の誰にも見咎められなかった。

手ぶらで屋敷を出たものの、行く当てなどなく、私の足は自然と実家へ向かった。

ひとまず両親に今までのことを話して、相談しよう。とりあえず夜叉のそばにいれば、凶悪なあやかしは避けられるはずだ。

私はお腹に手を当てて、我が子に話しかける。

「必ず守るからね」

もしも春馬が、女子なら必要ないと言ったそのときは、私がひとりでこの子を育てよう。

河原沿いの歩道は平穏に満ちていて、冬の柔らかな陽射しがぬるい。

やがて実家のマンションが見えてきた。

両親は会社員なので今の時間は家にいないだろうけれど、合い鍵があるので帰宅するまで待っていよう。

そう思ったとき、近くの茂みがガサリと音がした。

ふと首を巡らせると、赤いふたつの目がこちらをじっと見ている。

「あ……」

あやかしのトカゲだ。一般的なトカゲより、かなり大きい。

お腹の子を狙っているのだろうか。トカゲは私に狙いを定めたまま動かない。

だが、なにかを察知したかのように、さっとトカゲは尻尾を翻して茂みに隠れた。

「あれ？　凛じゃないか。なにしてるんだ？」

その声に振り向くと、兄の悠がコンビニの袋を携えて、こちらへやってきた。彼の肩には、しもべのコマがとまっている。

「リン！」

「兄さん、コマ……。ちょっと、実家に寄ろうと思って来たところなの」

兄も夜叉の血を継ぐ者である。トカゲは兄の神気を感じて姿を消したのかもしれない。

移動はすべて送迎付きという制約を窮屈に感じていたけれど、つくづく、これまで春馬に守られて安全に過ごしていたのだと痛感した。

兄は父にそっくりな漆黒の髪をかき上げ、赤い瞳を細める。

「ふうん。春馬と喧嘩でもしたのか？」

父は特殊加工の眼鏡をかけて真紅の目を隠しているけれど、私と兄は目の底のほうが赤いので、ハーフと言ってごまかしている。

この赤い目がコンプレックスだった私に対して、あけすけな兄はまったく気にしていないようで隠そうともしない。兄の特殊能力である〝治癒《ちゆ》の手〟も便利に使っているようだ。

言い当てられたわけではないけれど、それに近い状態なので、答えにまごつく。

「喧嘩っていうか……それもあるけど……大変な状況なのよ！」

「まあ、夫婦の大変な状況なんて他人が聞いたらすごく些細なんだよね」

「わかったようなこと言うけど、兄さんは独身でしょ」

「父さんと母さんを見てたらわかるよ。昨日なんて、添い寝してるときの足の絡ませ方がどうこうって延々議論してた」

「相変わらずね……」

私と兄はマンションに入ると、会話しながらエレベーターに乗った。

「あの夫婦といると、僕って邪魔者だなと感じるよ。さっさと大学卒業して、ひとり暮らしでもしようかな」

大学生の兄は好きなように放浪したり、神世の帝釈天のもとや夜叉城で過ごしていたけれど、真剣に将来を考える時期が訪れたようだ。とはいえ、次の夜叉の城主という道が兄にはある。

「兄さんは夜叉の城主になれるんじゃない？　神世に住めるでしょ」

「やだよ。コンビニないから」

「……そう」

他人が聞いたらとても些細な理由である。夜叉の城主ならば、神世にコンビニを作れそうなものだが。

「なんて、僕には城主の資格なんかないと思ってるんだけどね」

「え……どうして？」

「おじいちゃんや父さんに認められてない。『こいつは駄目だな』って気配をうっすら感じるんだよね。性格が軽いって思われてるんじゃないかな」

「でも夜叉の後継者は兄さんしかいないわ。私が男だったなら、話は違ったかもしれないけど……」

兄は夜叉の第一子の男子である。それだけで夜叉を継ぐ者としての資格は充分なはずだ。そして私は生まれる前から春馬との政略結婚が決められていたのだから、ふたりとも将来を選ぶ余地はなかったと言える。

「ていうか僕からしたら、夜叉を継ぎたいから生まれてきたわけじゃないんだけどって、言いたいところだよ。まあ、どうなるかわかんないけどね」

兄なりに悩みが深いようだ。私のお腹の子もいずれそのような後継者問題に巻き込まれると考えると、憂鬱になった。

家の玄関に入ると、夜叉のしもべのヤシャネコが出迎えてくれる。口元と手足のみが白くて、まるで靴下を穿いたように見える黒猫のあやかしだ。

「おかえりにゃん、悠。凜も帰ってきたにゃん。お腹の赤ちゃん、大きくなったにゃんね」

「ただいま、ヤシャネコ。久しぶりね」

「こっちは変わりないにゃん。みんな元気にゃ～ん」

ヤシャネコのほんわりした雰囲気に癒《い》やされる。

コートを脱いだ私がソファに座ると、ヤシャネコはソファにのって、珍しげにお腹を覗き込んできた。

「お腹に、くっついてもいいにゃん？　赤ちゃんとお話ししたいにゃん」

「もちろん、いいわよ」

ワンピースに包まれた膨らんだお腹に、ヤシャネコはふかふかの顔を寄せた。

「初めましてにゃん。夜叉さまのしもべのヤシャネコにゃん」

こうしてひとりの人として話しかけてくれるのが、とても嬉しい。

強張っていた私の頬が緩んだ。

兄は自分の分の珈琲《コーヒー》を淹れて、ダイニングテーブルの席からテレビを見ている。椅子に片足をのせているので、かなり行儀が悪い。こういうところが、父から怒られるのだろうなと思った。

「ところで、でっかい黒い布のあやかしはヤヌラっていうんだろ？」

テレビに目を向けていた兄の突然の問いかけに、びくっと肩を跳ねさせる。

なぜ兄がヤヌラについて知っているのだろう。

「え、どうして、ヤヌラのこと……」

「とてつもない妖気だったからな。春馬の屋敷の方向だったから、父さんと僕も向かったんだよ。屋敷のそばまで行ったけど、着く前に妖気が消えて退治したようだったから、そのまま引き返したんだ。大丈夫だったのか？」

どうやらヤヌラの妖気がここまで伝わり、父と兄は助けに駆けつけてくれたらしい。けれど、そのあとのことについての詳細はまだ知らないようだ。

私は兄に、正直に伝えた。

「ヤヌラは春馬が倒したわ」

「そうだろうな。邪悪な妖気が消えたから――」

「私、屋敷を出てきたの。もう戻らないわ」

「……は？　はぁっ!?」

驚いた兄の手元は大きく揺れ、珈琲が床にこぼれた。

閑話　夜叉の花嫁のよすが

大手の広告代理店である吉報パートナーズの企画営業部では、今日も賑やかな舌戦《ぜっせん》が繰り広げられている。

私——鬼山あかりが、現在は課長に昇進した羅刹に書類を渡したことからそれは始まった。

「神宮寺課長。この書類、お願いしますね」

「ありがとう。星野《ほしの》さん」

この職場に勤めて柊夜《しゅうや》さんと出会い、悠と凜を産んでも仕事を続けてきて、二十年ほどの月日が経過した。

鬼神である羅刹の神宮寺刹那が転職してきて、一波乱はあったけれど、職場に彼らの正体が暴露されることはなく、平穏に仕事をこなしてきた。

私は人並みに年齢を重ねたと思うけれど、部長に昇進した柊夜さんは若い頃とはまた違った大人の男性の色香をまとい、精悍《せいかん》な顔立ちで溌剌《はつらつ》としている。

一方、純粋な鬼神のはずの羅刹も若々しさを維持しつつも、課長に昇進したためか、威厳をにじませていて、かつてのエリート社員時代とは違った貫禄を醸し出している。

ふたりとも年を重ねても格好よく、いつまで経っても新入社員の女性に華やかな声をあげさせている。

職場では旧姓で呼ばれている私は、羅刹に引きつった笑みを見せる。

「あの……神宮寺課長。手を離してください」

「どうしようかな」

なぜか彼は書類を受け取ると、素早く私の手を握ってきた。

書類は渡したので、離してほしいんですけど。しかもなぜ、どうするかという選択権がそちらにあるのですかね？

「デートしようよ、あかり。一緒に夜景を見に行こう。そうしたら手を離してあげる」

「鬼の怒りが降りかかるので、ご遠慮しますね……」

かつて私を花嫁にしようと一計を講じて柊夜さんと闘った羅刹であるが、敗れている。

それにもかかわらず社内で堂々と既婚者の私を誘い続ける彼には驚きを通り越して、もはやこれが日常業務と化した。

「平気だよ。こっそり行こう。僕の新車を見てほしいな」

「このやり取りはもはや二十年ほど続いていると思うんですけど、いつ終わるんですか？」

羅刹が本気で私を花嫁として奪おうと思っているとは考えにくい。なにしろ私はふたりの子持ちで、もう若くもないのだ。おそらく柊夜さんを煽《あお》って楽しみたいのだろう。

固く私の手を握りしめる彼は、楽しげにヘーゼルの双眸を細めた。

「終わらないよ。永久にね」

「神宮寺課長が言うと重みがありますね……」

しみじみとつぶやいたそのとき、私の背後に不穏な気配がした。私の手を握ってい
る羅刹の腕を、大きな手が容赦《ようしゃ》なく掴み上げる。

「神宮寺。俺の妻の手を離せ」

出た。夜叉の鬼神の怒りはいつものごとく、初めから沸点に達している。

現れた柊夜さんは精悍な容貌に怒気を張らせていた。

それでも飄々としている羅刹は握りしめた私の手を離さない。

「握手は許容範囲じゃありませんか。鬼山部長は相変わらず心が狭いですね」

「俺には貴様があかりの手を無理やり握りながら口説いているようにしか見えない。

そんなに夜景の見えるデートがしたいなら、すればいい。心の広い俺も一緒について
いってやろうじゃないか」

三者の腕の構図はまるでなにかの呪術である。三角関係という名の呪いかな？

柊夜さんは、ぎりっと羅刹を掴んだ手に力を込めた。骨折しそうなので、そろそろ
手を打ったほうが企画営業部の平和のためだ。

「それでは、みんなで休憩所に行きましょうか。そこで相談などをすればいいので

は？」

私の提案に、頷いた柊夜さんは羅刹の腕を離した。骨折しなくてよかった。

「いいだろう。ここで込み入った話をするのはよくないしな」

いつもこんな感じで夜叉と羅刹の争いが勃発《ぼっぱつ》しているが、ほかの社員はとっくに慣れているので、見て見ぬふりである。

柊夜さんが手を離したので、不満げながらも、ようやく羅刹も私の手を解放した。しかも離す際に、私の手の甲を指先でなぞりながら。

どれだけ名残惜しいんですか。

「しょうがないね。星野さんだけに教えてあげたかった秘密の話があるんだけど、鬼山部長にも聞かせてあげますよ」

秘密の話とはなんだろう。

柊夜さんは、どうせくだらない話だろうとばかりに嘆息をこぼしているけれど、興味が湧いた私は彼の腕を引いて、いそいそと休憩所へ向かった。

廊下の端にある休憩所には自動販売機があり、椅子が並んでいる。

「あかり。ミルクティーでいいか？」

「はい」

柊夜さんは私の飲み物を購入して手渡してから、自分の分のブラックコーヒーを買っている。

柊夜さんと並んで椅子に座り、タブを開けようとすると、今度は自動販売機の前に立った羅刹が私に問いかけてきた。

「星野さん。ココアでいいかな？」

「はい？」

私はすでにミルクティーを手にしていますが。

自分の飲み物を私に訊ねたのだろうか。自分が飲むものなのに、人に相談することあるよね。

と思ったら、ココアを手にした羅刹はそのあとブラックコーヒーを購入した。柊夜さんと同じ種類である。

羅刹は端麗な笑みで、私にココアの缶を差し出した。

「はい、ココア。体を温めてね」

「……ありがとうございます」

すでに購入したものを無下に突き返すわけにもいかず、空いたほうの手で受け取る。

そうして羅刹は私を挟んで柊夜さんとは反対側の椅子に腰を下ろした。

夜叉と羅刹に挟まれて、非常に気まずい私は身を縮めてミルクティーを飲む。

「ところで神宮寺さん、秘密の話ってなんですか？」

「うん？　どうせくだらない話だよね、なんて思ってるんじゃない？」

「そう思ってるのは柊夜さんだけです。私は気になります」

「おい」

眉根を寄せた柊夜さんはタブを開けると、コーヒー缶を傾けた。

「くだらないかどうかは、聞いてから判断する。さっさと話せ」

羅刹はスラックスに包んだ長い足を組み、磨き上げられた飴色の靴のつま先を軽く振った。コーヒーのタブは開けずに、缶をてのひらでもてあそんでいる。

「先日、得意先に向かう途中だったんですけど、凜ちゃんに会ったんですよ。幼児をふたり連れてました」

「なに？　その幼児とは何者だ」

「ひとりは八部鬼衆の富單那。あの生意気なガキですね」

「富單那だと⁉　現世に出てくるとは珍しいな。もうひとりは？」

「それは秘密です」

「……なんだと」

「というより、よくわからなかったんですよね。富單那のしもべを探索するために行動していたようで、僕のタソガレオオカミを貸して別れました。タソガレオオカミの報告では、しもべのヒカゲは無事に見つかったとのことです」

富單那の願いを叶えるために、凜が手を貸していたようだ。

無事にことが済んだのならいいけれど、ほかの八部鬼衆が接触してきたのには、どきりとする。

私にも覚えのあることだが、妊娠中はお腹に鬼神の子がいるので、よりあやかしに狙われやすくなるのだ。それに凜は夜叉姫という立場上、ほかの鬼神が奪おうとしないとも限らない。

「僕からの報告は以上です」

「ご苦労。……富單那の件については問題ないと思うが、念のため凜に確認しておこう」

「それでは、僕の秘密を話したので、星野さんとの夜景デートを許してもらえますね？」

どうしてそういうことになるのか、と私は飲みかけのミルクティーを噴き出しそうになってしまった。

ところが柊夜さんは、さらりと言う。

「夜景デートしたじゃないか」

「……は？　どういうことです？」

訝《いぶか》しげに眉をひそめる羅刹に、柊夜さんはコーヒー缶のラベルを見せた。

缶には、夜景に流れ星がデザインされている。

我が営業企画部のチームがデザインして商品化されたコーヒー缶である。もちろんそこには、我が社の課長である神宮寺刹那の活躍があった。チームのメンバーで実際に夜景を見学に行ったことは懐かしい思い出だ。

「……なるほどね」

不服そうな羅刹だけれど、彼は深い溜め息をついて、コーヒー缶を開けるとひと息に飲み干した。

「ココア、ごちそうさまでした。あとで飲みますね」

お礼を言った私の手を取り、柊夜さんは堂々と手をつないでフロアへ戻ったのだった。


やがて退勤の時刻になり、私はようやくスマホにメッセージが届いているのを確認した。悠からだ。『凜が家に来ている』とだけである。

息子からのメッセージはいつも短文なので、事情がよくわからないことも多い。

凜が急に訪ねてくるなんてどうしたのだろう。旦那さまの春馬さんも一緒なのだろうか。

運転中の柊夜さんに、私はメッセージを見つめながら声をかけた。

「柊夜さん。凜が家に来ているそうです。悠から連絡がありました」

「ふむ。富單那のことだろうか。寄り道しないで帰ろう」

「そうですね。凜に会うのも久しぶりです」

妊娠中の凜のことが気になるけれど、屋敷を訪ねるのは極力控えていた。仲睦《なかむつ》まじくしているふたりのもとに姑がやたらと顔を出すのは、夫である春馬さんにとって迷惑だろうと思うから。

もう妊娠六か月なので、かなりお腹も大きくなっただろう。

娘に会えるのが楽しみだと、私は浮かれていた。

ところがマンションに帰宅して玄関へ入ると、重々しい空気が待っていた。

「おかえりにゃ〜ん……」

と、言ってそうなヤシャネコの首輪につけた鈴の動きが鈍い。

人間の私にあやかしは見えないので、こうして鈴の音でわかるようにしている。

ソファにひとりで座っている凜は、固く唇を引き結んでいる。一方、悠は少し離れたダイニングテーブルの椅子にもたれていた。春馬さんは来ていないようだ。

「ひ、久しぶり、凜！　お腹の赤ちゃんはどう？」

「……赤ちゃんは順調だけど……」

「なにかあったの？　春馬さんと喧嘩したとか？」

そこで悠が口を挟んだ。

「なにか言ってやってよ。凜は家出してきたんだってさ」

家出と聞いて、私は目を見開く。柊夜さんも眉根を寄せて眼鏡を外した。

凜は叫ぶように否定する。

「家出じゃないわ！　私はもうあの屋敷にいられないの。春馬にひどい怪我をさせたのは私のせいなんだもの」

「だからそれが家出って言うんだろ」

「喧嘩するな、ふたりとも。凜、初めから事情を話せ」

柊夜さんが軽く手を上げて制すると、凜と悠は口を噤んだ。

私は凜に寄り添い、ソファに座る。

家出だなんて穏やかではないが、屋敷でなにか起こったらしい。

柊夜さんは私たちと斜向《はすむ》かいのオットマンに腰を下ろした。

「富單那のことと関係があるのか？　羅刹から聞いたが、幼児ふたりを連れて行動していたらしいな」

「あれは、富單那のしもべのヒカゲを捜すのを手伝っていたのよ。小さな子のひとりは富單那で、もうひとりは子どもに変身した春馬よ。羅刹からタソガレオオカミを借りたからヒカゲは無事に見つかって、富單那は神世に帰っていったわ」

羅刹から聞いた以上にいろいろなことがあったらしい。驚いた私は思わず声をあげた。

「子どもに変身……!? それで、どうなったの?」

「もとに戻れたわ。その頃は、楽しく過ごせていたんだけど……」

家出の原因はそのことではないらしい。

柊夜さんは、ひとつ頷いた。

「その件は落着したのだな。では、春馬が怪我をしたという原因はヤヌラか?」

問われた凜は、小さく頷いた。

一週間ほど前に、柊夜さんがやたらと外をうかがっていたときがあった。悪い妖気が充満しているのだとか。そして夜中に、悠とどこかへ出かけていったのだ。

人間の私にはなにも感じられないのだけれど、あの日はとても寒くて、天気が悪かったことを覚えている。

「ヤヌラに屋敷を襲われて、春馬や屋敷の人たちがひどい怪我をしたの。私のお腹の赤ちゃんが狙われたのよ。鬼神の子を喰らうと、すごい力が手に入るんでしょう?」

「そうだ。だがヤヌラは本来は凶悪なあやかしではない。屋敷を襲うヤヌラを俺も遠目に見たが、あのように凶暴化するとは驚いた。無事に春馬が倒したようだが」

「春馬は鬼神の誰かにヤヌラがそそのかされたと言っていたわ。それを突き止めようとしているみたい」

「考えられることだ。だが八部鬼衆でそのようなことをする者というと……」

柊夜さんは考え込んでいる。夜叉である柊夜さんと羅刹、鳩槃荼と那伽など現世にいる鬼神を除いたら、限られてくるはずだけれど。

「心当たりが多すぎて絞れないんじゃない？　鬼神はみんな性格がねじ曲がってるもんね」

「悠。おまえは黙っていなさい」

柊夜さんに注意された悠は唇を尖らせる。

肩にとまったコマが「ユウ！　ピピッ」となだめるように声をかけた。ちなみに、コマは半妖なので人間の私にも見えている。

鬼神の指図で凶暴化したあやかしに襲われただなんて、凜はとても恐ろしい思いをしただろう。赤ちゃんになにかあったらと思うと、ぞっとする。

「怖かったね、凜。でも、あなたと赤ちゃんが無事でよかった」

私がそう言葉をかけると、凜はゆるゆると頷いた。

春馬さんを含めたほかの人たちが怪我をしたので、素直に喜べないのはもっともだ。

「春馬さんの怪我はひどいの？　凜が看病しているの？」

「ううん。ひどい怪我だったけど、鬼神の力のおかげなのか、すぐに治って日常通りに活動できているわ。ただあの事件から彼は苛々《いらいら》していて、私たち、うまく話せていないの。だって、屋敷が襲われたのも怪我をしたのも、全部私のせいなんだもの。春馬は私に責任があると言ったわ」

まるで妊娠しているせいで、ふたりの関係がこじれてしまったように聞こえる。

私にも覚えのあることだ。これからどうなるのかという不安から、マタニティブルーになり、かつて柊夜さんにきつく当たったことを思い出す。しかもお腹の子は鬼神の子なので、余計に不安も募るだろう。

「だからこそ春馬さんは凜と赤ちゃんを守ろうと、気を張ってるんじゃないかな？」

「そうだろうけど……春馬が必死に赤ちゃんを守ろうとするほど、あとから彼を落胆させることになるわ」

「どうして？」

凜はしばらく黙っていた。

私はじっと、彼女の言葉を待つ。

「……お腹の子は、女の子なの」

小さくつぶやかれた言葉に、私は目を瞬かせた。

私が娘である凜を産んだときも、悠と同様にとても嬉しかった。

けれどももしかして、春馬さんは男の子を望んでいるとか、そういうことだろうか。

柊夜さんは口を開いた。

「あとから春馬が落胆するということは、胎児が女子なのは言ってないんだな？」

凜は頷いた。

彼女はおそるおそる柊夜さんに訊ねる。

「春馬には、はっきり聞いてないんだけど、城主は男じゃないとなれないのよね？」

「……八部鬼衆は全員が男だ」

柊夜さんは明言を避けたが、やはり城主は男子というのが常識となっているらしい。そうすると、跡取りを望んでいる春馬さんには、お腹の子は女の子だと打ち明けにくいかもしれない。

凜は明らかに肩を落とした。

「私……この子を産んでもいいのかな」

望まれない子――。

そんなふうに思い、出産の意義も喜びも、凜は見出せなくなってしまっている。

私は凜の腕にそっと手をかけた。

「産んでいいのよ。お母さんもね、悠と凜が生まれてくれたとき、ものすごく嬉しかった。生まれたばかりの赤ちゃんって本当に軽くて、羽みたいにふわふわしてるの。本当よ？　だからこの小さな我が子が大きくなって、学校に入って、成人して……っていう長い道のりをこれから見守っていくんだなって思いながら、抱っこしてたな」

生まれたばかりの凛が夜に眠らないので、抱っこしながら病院の廊下を何往復もしたことを思い出す。赤ちゃんは夜中も頻繁に目を覚ますので、授乳が大変だったことも、今となってはいい思い出だ。

それから寝返りして、お座りができるようになって、つかまり立ちして、歩けるようになって。そのたびに大喜びして何枚も写真に収めて。

おしゃべりができるようになって、初めてママと呼ばれたときの感動は忘れられない。

我が子は、私の人生の歩みそのものだった。

輝かしい出産や子育ての喜びは、何物にも代えがたい宝物。

それを凛にわかってほしかった。

出産前は懊悩《おうのう》しても、産まないという選択をしたら、きっと凛はあとから後悔する。

私も妊娠したとき、鬼神の子だからと臆して堕胎していたら、きっと一生後悔を背負っただろう。

けれど、娘を追いつめるようなことは言いたくなかった。凛に寄り添って、出産へ向かう気持ちになってほしい。

「子どもが生まれると、感動の連続ですごく生活に潤いが出るの。赤ちゃんだって、凜にママになってほしいと思ってるよ」

「私がよくても、この子を産むのは春馬のためになるの？」

凜は葛藤している。

いずれ女の子が誕生したとき、結果は春馬さんに知られることになる。そのとき落胆されることを、彼女は恐れているのだ。

凜が生まれて春馬さんが病室に現れたとき、彼は凜をさらおうとしなかった。とても紳士的に対応してくれた。そして約束通り、二十年後に花嫁にと迎えに来たのだ。

彼の誠実さ、そして辛抱強さを、私は信じたい。

私は、ぎゅっと凜の手を握った。

「恐れないで。きっと、春馬さんのためになるよ。もし望んでいた性別と違って手放しで喜べなかったとしても、心は安心すると思う。だって、夫婦が大切に育てて十か月経って、ようやく生まれてきてくれた赤ちゃんなんだもの。柊夜さんだって喜んだのは凜のときで、悠のときなんか冷静に婚姻届と出産届の両方を掲げて、すぐに籍を入れるよう説得してきたんだから」

「……そうだったか。ひとり目のときはいろいろと忙しくて、喜びを表すような暇がなかったかもしれないな」

気まずそうに柊夜さんは咳払《せきばら》いをした。

たとえ望んだ性別でなくても、無事に出産が終わったことに春馬さんだって安堵してくれるはずだ。その安心が夫婦の絆になると、私は思う。

「だから、春馬さんとこれからのことについて話し合いができないかな?」

「話し合いなんてしても……私たち、もう今までの関係じゃなくなって――」

そのとき、玄関から来客を知らせるチャイムが鳴った。

はっとした悠が慌てて柊夜さんに手を振り合図を送る。

「この神気、間違いないだろ! 父さん、出てよ」

悠然と立ち上がった柊夜さんは玄関へ向かった。

私と凜の座っているソファからは直接玄関は見えないけれど、部屋の扉が開け放たれているので音は聞こえてくる。

ガチャリと柊夜さんが玄関扉を開けると、剛胆な声が響いた。

「凜が来ているはずだ。迎えに来た」

春馬さんの声だ。

玄関に凜の靴があるので、室内にいるのはわかるだろう。凜が黙って屋敷を出てきたのなら、実家を訪れるのはすぐに予想がつく。

ごくりと息を呑んだ凜は、身を小さくしている。今は彼に会いたくないのだ。

玄関から、柊夜さんと春馬さんが話す声が漏れ聞こえてくる。

「娘はこちらで預かっている。今夜は実家に泊まらせるから帰ってくれ」

「そういうわけにはいかぬ。夜叉も感じただろう。ヤヌラの動きを。また凶悪なあやかしに狙われるのを防ぐためにも、厳重に警戒しなければならない」

「安心しろ。ひとまず夜叉の俺がそばにいるからには、何者にも凛に危害は加えさせない」

少しの間があった。

春馬さんは納得がいかないようだ。

「屋敷は甚大な被害を受けた。また同じことがここで起こったらなんとする」

「俺が信用できないというのか？　被害を受けたのは春馬、きみが至らなかったせいだ」

「そうだとも。だからこそ二度とあのようなことにならぬよう、万全の態勢でいるのだ」

「……春馬。きみにとって娘は、鳩槃荼という一族の駒《こま》のひとつなのか？」

「そんなことは言っていない」

「あやかしは鬼神の子を喰らおうと狙ったわけだが、きみと話していると、妻と子を守ろうという思いより、城主としての尊厳を保つことを優先しているように感じられる」

柊夜さんは厳しい意見を述べた。

それは春馬さんにとって、どちらも大切なものだろう。でも今は、なにより凜とお腹の子を心配していると言ってほしかった。

凜は緊張して、何度も瞬きをしている。彼の答えが気になるのだ。

「俺にとってはどれも欠けることなど許されぬ。それが鬼神というものだ。夜叉もわかっていると思うが」

それが春馬さんの答えだった。

凜は小さな溜め息をこぼして、明らかに落胆の色を示した。

「その答えでは、夫婦仲がぎこちなくなるのも道理だ。凜と喧嘩したんだろう?」

「心配無用だ。凜と話をさせてくれ」

「それはできない。きみたちは少し頭を冷やす時間が必要だ」

うつむいた凜は動かない。

やはり柊夜さんの言う通り、冷静に考える時間が必要だろう。今のままでは凜が納得して帰るとは思えないし、さらにひどい喧嘩になってこじれたら大変だ。

春馬さんが無理やり入ってくるのではと恐れたが、彼は玄関から動かなかった。柊夜さんが仁王立ちしているので入ろうにも入れないのかもしれない。

「マンションで鬼神同士の闘いが勃発しても困るよね。父さんが本気になったら平気で一棟破壊しそう」

冗談で和まそうと思ったのか、悠がつぶやいたが、私は苦笑いをこぼした。

あやかしに屋敷が破壊されたのを見たばかりなのに、凜にとっては悪い冗談である。

「わかった。また明日、迎えに来る」

「了解した」

玄関の扉が閉められた。春馬さんは帰ったようだ。

室内にいた全員が、はぁっと大きく息を吐き出す。

柊夜さんは落ち着いた足取りでリビングに戻ってきた。

「聞いての通りだ。春馬は帰らせた。今ふたりで話しても、お互いに納得できないだろうからな」

「私は屋敷に戻りたくないわ。今の会話を聞いていて、ここ数日の違和感がなんなのかわかったの。春馬は私と赤ちゃんより、鬼神としてのプライドが大事なのよ」

春馬さんの答えで、凜はひどく傷ついてしまったようだ。明日も迎えに来ると言っていたが、この様子ではすぐに解決しなそうである。

『私と仕事と、どっちが大事なの』という問題の答えを私はすでに知っている。それは、『そんなこと言わせてごめんな』と言って旦那さまが妻を抱きしめることだ。

だが春馬さんにそれを強要するわけにもいかない。諭しても、独特の理論を展開されそうである。

せめてもと、私は柊夜さんに助けを求めた。

「そんなことないよ、凜。――柊夜さんだって、本当は鬼神のプライドより私たち家族のほうが大切ですよね？」

「すべてを満たす者は魔物であり、欠けているからこそ人間なのだという。鬼神なのだから完全を求めるのは理にかなっている」

「……柊夜さんに聞いたのが間違いでしたね」

春馬さんの答えを肯定するような発言に、半眼を向けて失望を示す。

私はダイニングテーブルに陣取っている悠に顔を向けた。

「悠なら、鬼神のプライドより家族のほうが大切って気持ちをわかってくれるよね？」

「はあ？　それってどちらか選ばせるほうが間違ってるんじゃない。なんで二択なんだよ」

悠の答えに、がっくりと肩を落とす。

まったくうちの男子たちはこんなとき空気を読んでくれない。

凜は膝の上に座っているであろうヤシャネコを撫でていた。私には鈴しか見えていないけれど。

「ヤシャネコは家族が一番大事だって、言ってくれてるわ」

「そうよね！　ありがとう、ヤシャネコ」

鈴がリン、と軽やかな音を立てる。

ヤシャネコが味方してくれたことで、心がほっこりする。

マグカップにインスタントコーヒーを注いだ悠は、「そんなことよりさ」と新たな課題を投げてきた。

「春馬は明日も迎えに来るって言ってたけど、凜は帰るつもりはあるのか？」

凜は小さく首を横に振った。

彼女の意志は固いようだ。夫への信頼や愛情を完全に失ってしまったのだろうか。

「凜……春馬さんのこと、嫌いになったの？」

「ううん、そうじゃないの。好きだから、彼に迷惑をかけたくないの。このままじゃ、春馬は子どもとかプライドとかいろいろなものを守ろうとして……死んでしまうまで闘うかもしれないわ」

「それじゃあ、出産するまでうちにいる？」

「でも、ここにいたら――」

凜が言う前に、悠が話を受け継いだ。

「それは困るんだよ。凜の子が狙われるってことは、ここにいるって敵にバレたらまずいよね？　それこそ父さんがマンションを破壊したらどうするんだよ」

「私……どこかで身を隠して赤ちゃんを産むわ。それがこの子のためにも、周りのためにもいいと思うの。もちろん、春馬のためにも」

身を隠して出産すると聞いて、私は瞠目した。

いったい、どこに身を隠すというのか。

「あやかしに見つからない安全な場所なんて、あります？　柊夜さん」

「あやかしの侵入できない場所なら、心当たりがあるな。だが、身を隠して出産するなど、俺は反対だ」

「私も心配ですけど……私たちがサポートできるところなら大丈夫じゃないでしょうか。凜と、お腹の赤ちゃんのためですし」

屋敷に戻るのは、もっと危険を伴うかもしれない。身を隠すなんて春馬さんはどんなに心配するだろうと思うが、凜と赤ちゃんの安全が優先だ。

悠が楽しげに真紅の目を煌めかせた。

「あやかしの侵入できない場所っていうと、あそこだよね？」

「うむ……」

「だったら僕に任せてよ、父さん。母さんは入れないところだから、那伽に手伝ってもらおうかな」

「そうとも言うし、そうじゃないとも言うし。まあ、明日那伽に相談してみるよ」

「え……神世なの!?」

どうやら鬼神しか行けないような秘密の地らしい。

こんなとき人間の私にはどうすることもできず疎外感を覚えてしまうのだけれど、ここは悠に任せるしかない。那伽は学生の頃から私たちを手助けしてくれた仲間なので、彼も付き添ってくれるなら安心だろう。

「それでいいかな、凛」

「ええ……そうするわ。でも、春馬には私の居場所は教えないでほしいの。知ったらきっと、連れ戻そうとするわ」

それはそうだろうけれど、本当に春馬さんと話をしないまま極秘出産してよいものだろうか。

話はまとまったとばかりに、悠はお風呂に入ると言い出した。

私たち家族は、遅い夕食に取りかかった。

夕食を終えて入浴を済ませると、悠と凛はそれぞれ自分の部屋へ入った。

リビングには私と柊夜さんが残される。

凛のためにポットで淹れた温かいハーブティーの残りをマグカップで堪能している

と、ソファの隣に当然のごとく柊夜さんが腰を下ろした。

なんだか私たちまで気まずい空気が漂い、ぎくりとする。

「……大変なことになりましたね」

「身を隠して出産するなど、俺は反対だ。なにかあったらどうする」

「もうなにかあったから、身を隠さざるを得ない状況なんじゃないでしょうか」

「あかりのときは俺は守り抜いた。春馬が不甲斐《ふがい》ないのだ」

「守り抜いたというか……私が柊夜さんを神世の牢獄まで迎えに行きましたよね。しかも臨月に。そこで陣痛が起こったんですけども」

遠い記憶を懐かしく呼び起こす。

あのときは夢中だったけれど、思い返すと大変な状況だった。

柊夜さんの整った顔が途端に苦々しそうに歪む。

「そうだな……あれは俺が不甲斐なかった」

「でも、柊夜さんが好きだから、無茶なこともできました。お腹の中の悠や、那伽も助けてくれました。ひとりじゃなかったです」

「思えば、みなに助けられたな。しかもあかりは妊娠していたにもかかわらず、仮の花嫁ということで、俺たちは独身だった。親がいたなら当然反対されていただろう」

私には両親がいないけれど、柊夜さんには先代の夜叉である父親、御嶽《おんたけ》さまがいる。

けれどあまり父子の仲はよろしくないので、相談などしなかったのだろう。

「結婚してから、あっという間でしたね。でも柊夜さんがいてくれたから、私は家族を持てて幸せになれました」

振り返れば、一瞬のような、とても長いような日々だった。

会社の上司だった柊夜さんと一夜を過ごして妊娠が発覚し、実は夜叉の鬼神だと衝撃の事実を告げられて同棲。幾多の困難を乗り越えて、ようやく第一子の悠を出産して結婚した。

子育ても大騒ぎの連続だった。

赤ちゃんの悠はゴムの人形を口に入れて噛んでいて大慌てで取り出したり、高熱を出して夜中に病院へ駆け込んだりした。凜が生まれたら、駄々をこねる悠を授乳をしながらなだめたりと、毎日が戦場だった。

凜が歩いてお話ができるようになったら、おもちゃを取り合って兄妹で大喧嘩。かっとして私が怒鳴ったときは、柊夜さんが優しく諭してくれたな。

やがて小学生になったらなんでも自分たちでできるようになって、私が手を貸す機会が極端に減った。悠は平気で宿題をさぼるものだから叱ったけれど。

しかも、ふたりともあやかしが見えるうえに特殊能力を使うものだから、また叱って……私、怒ってばかりの駄目な母親だなって落ち込んでたな。

中学生になったら言動は大人同然になって、もう子どもじゃないんだと思うと少し寂しく感じたっけ。

そして高校生、大学生になって成人したら、ふたりとも自分の道を歩んでいった。

悠が家出して神世の善見城《ぜんけんじょう》にいると聞いたときはとても心配したし、春馬さんが凜を花嫁に迎えるとやってきたときは背筋が冷たくなった。

赤ちゃんのときでも大人になってからも、親が子を心配する気持ちに変わりはないのだと、私は人生を通して知った。

柊夜さんは私の肩をそっと抱いた。

「俺もだ。あかりのおかげで、幸せな家庭を築くことができたのだ」

その言葉をもらえたことに感謝して、私は彼の肩に頭をもたせかける。

凜の子が生まれたら、私は、おばあちゃんだ。

凜が新しい家庭を築けることをとても嬉しく思うけれど、出産で大変な思いをした自分の経験を振り返ると、心配でたまらない。

それに、今の凜は夫とのすれ違いがあるから、不安なはずだ。

だからこそ、ふたりきりで落ち着いて話せる機会を設けられたならよいのだけれど、難しいだろうか。喧嘩になってしまうだろうか。

けれど夫婦というものは喧嘩してすれ違ったり、ほんの少しのきっかけで元通りに収まったりと、そんなことを重ねて年月が経つものではないだろうか。

なにより、凜は春馬さんを嫌いになってはいない。

ふたりに離婚の危機はない。

ただ、胎児があやかしに狙われるという問題があるからこそ、意見の食い違いが起きているのだ。

凜は彼のことを思うからこそ、身を隠して子を産みたいという選択をしたのだから。

「今の凜も、昔の私たちと同じ気持ちだと思うんです。愛する人のためを思えばこそ、夢中でもがいた末の選択なんです。だから、私は凜を応援したいです」

私はもちろん、家族がサポートすれば凜の願いを叶えられるのではないだろうか。

柊夜さんは私の肩を抱く手に力を込めた。

「……わかった。俺だけが表立って反対したところで、解決に至らなそうだしな。やはり凜の気持ちが大切だ。それに、〝あの地〟ならば心配もないだろう」

「私は人間だから行けないんですよね……。こんなとき、少しでも神気があったらなと思います」

「ん？　それは誘っているのか？」

「……違いますから」

私にあやかしが見えていたのは、お腹の子の神気によるものだった。つまり妊娠しているときしか、あやかしを認識することができないのだ。

微笑んだ柊夜さんは私の頬にくちづけを落とした。

「悠には逐一報告させよう。そうして様子を見ているうちに、凜の考えも変わるかもしれない」

「そうですね。凜は柊夜さんに似て頑固だから、簡単に考えを翻すとは思えませんけど」

「褒めているのか、けなしているのか、どちらだ」

「心配しているんですよ。あの子、明日になったらけろりとして屋敷に帰るなんていうタイプじゃないですもの」

「それはわからないだろう。夫婦というものは案外、キスひとつで許せたりするものだ」

生真面目にそう言った柊夜さんは、端正な顔を近づけた。

これは……『凜は柊夜さんに似て頑固だから』と言ったことについて、キスしたら許すということかな？

「はい」

お望み通り、ちゅ、と柊夜さんの唇にキスをする。

すると柊夜さんは満足げに微笑んだ。

「では、これであかりが寝ているときに片足を離す寝相を許そう」

「えっ……それって、寝てるとき私が柊夜さんに両足を絡ませないのは愛してないからなのか、とかって喧嘩したことを言ってます？」

喧嘩というよりは、いつもの柊夜さんの長々とした話なのだけれど。

私たちは夜、ダブルベッドで一緒に寝ている。

ところが柊夜さんが私に抱きついてくるものだから、抱き合いながら足を絡ませて寝る体勢になってしまう。夏でも容赦ない。鬱陶《うっとう》しいなどと言おうならば、夜叉の怒りが爆発することは確実なので、おとなしく抱き枕状態になっているのだ。

けれど寝相のせいで、私の片足が柊夜さんの足から離れてしまうことがある。

それを愛情がないなどという議論に発展したのだ。

先日のことなのに、まさか今さら蒸し返されるとは思わなかった。本当に私の夜叉は執念深くて、しつこいのである。よく子どもが成人するまで一緒に暮らして夫婦としてやってこられたな、と自分で驚く。

「あれは寝相なんだから仕方ないじゃないですか……って、もう何回も言いましたけどね」

「だから許すと言っている。愛情がないのだと疑った俺が悪かった」

「はいはい。愛してますから、安心してください」

私の夜叉は真紅の双眸を疑わしげに細めた。

この軽々しい言い方が疑いを招くんだなと、わかっているけどやめられない。なにしろ毎日のことなので、そんなに逐一気持ちを込められないというか、面倒になってしまうというか。

「あかりの愛情は俺への比重が非常に軽い。もちろん家族や仕事も大事だが、もっとも大切なのはあなただと言ってほしいのが夫の性《さが》なのだ」

世界中の夫を代表するかのように、重々しく柊夜さんは言った。

またこの議論は長くなりそうだなという匂いがして、私は頬を引きつらせる。

「というか、パートナーが一番大切だとは言わないのが、すべてを満たす鬼神なんじゃないんですか？」

「春馬と凜の夫婦とは、また別だ。俺たちは世の中で唯一の夜叉とその花嫁なのだから、独自の愛情関係を築いている」

独特の理論に思わず溜め息がこぼれそう。

けれどよく考えてみたら、春馬さんや柊夜さんがその話をしたのは、私たちが聞いている場だった。男性や鬼神としてのプライドもあったのかもしれない。

春馬さんと凜も、夫婦ふたりきりで話したなら、また別の答えだったかもしれない。

柊夜さんは自分の望む答えを聞かない限りは一歩も引かないという姿勢だ。キスしそうな距離まで顔を近づけて、瞬きをしていない。

「じゃあ、あの……柊夜さんの本音は、私が一番大切だということなんですか？」

「もちろんだ。あかりが一番大切だ。愛している」

くちづけとともに囁《ささや》かれ、慣れているはずなのに顔が熱くなる。

「私もです。大切なものはたくさんありますけど、柊夜さんだけを愛してます」

「……その返答は少々納得のいかないところがあるので、続きはベッドでしょう」

横抱きに運ばれて寝室へ連れ去られる。

もちろん私だって柊夜さんが大切だけれど、子どもたちだって同じように大事だ。優劣なんてつけられない。

男性として愛しているのは柊夜さん、ただひとり。

その答えを耳元で囁いて、ようやく柊夜さんは納得してくれたのだった。きつく足を絡ませながら。

第三章　8か月　とこしえの桜の秘密

小さな溜め息が、自室に溶けて消える。

春馬と結婚するまで過ごした自分の部屋は落ち着くけれど、心はざわめいていた。

春馬が迎えに来てくれたときは、どきりとしながらも、かすかに心が浮き立った。

けれど、あそこで顔を合わせて話しても、和解することは難しいだろう。彼は屋敷に戻ってこいと言うだろうし、私は戻りたくないと、話は平行線を辿ると思える。

春馬をもう傷つけたくない。屋敷のみんなも。

私の赤ちゃんが敵の標的になるのなら、身を隠していれば屋敷は狙われず、みんなの安全は守られるはずだ。

春馬と離れているのは、つらい。でもこの選択は彼を守るためなのだ。私は春馬を、大事な旦那さまを守ると心に誓っている。

そしてもし、秘密の出産をして、春馬に女の子であるのを受け入れてもらえなかったら……。

子どもとふたりで暮らしていこう。その覚悟はある。

私は妊娠したときから、この子のすべてに責任があるのだから。

大きくなったお腹をさすり、我が子に話しかけた。

「赤ちゃん……ママがあなたを守るからね」

そういえば、私の凜という名前は生まれる前から決めていたのだという。胎動がないのを心配した母に、父が提案したのだと聞いた。

私も、もう子どもの名前を決めておいたほうがよいだろうか。

「なにがいいかな……女の子らしい名前がいいけど……」

候補もなにも思いつかないけれど、春馬の顔が思い浮かんだ。

もしかして、子どもは春馬にそっくりかもしれない。俗説だろうけれど、女の子は父親に似るというし。

優しい亜麻色の髪に、宝石のような煌めいた碧色の瞳だったら、爽やかなイメージの名前がいい。

「うーん……。春馬から一字をもらおうかな。そんなの未練があるみたいで駄目かしら」

〝春〟に関係がある名前だったらよいだろうか。

もし春馬に聞いたら、なんて言うかな。といっても、聞けるわけはないのだけれど。

「相談……したかったな」

私は子どもをひとりで産むことの切なさを噛みしめ、枕を濡らした。

結局、子どもの名前が決まることはなく、翌朝を迎えた。

朝食を終えると、さっそく兄が提案する。

「準備ができたら、那伽の事務所を訪ねようよ。僕だけじゃ大変だから、彼にも事情を話して手伝ってもらおう」

八部鬼衆のひとりである那伽は私が幼い頃から一緒に遊んでくれて、気心が知れている。彼なら快く手を貸してくれるだろう。

「そうね。あやかしの侵入できない場所のことも詳しく知りたいわ」

「あとで話すよ。とりあえず出かけよう」

出勤の支度をしていた母が、心配そうな顔をして問いかける。

「ふたりだけで大丈夫?」

「母さん、僕たちを何歳だと思ってるんだよ。いい加減、子離れしてよね」

そこへ父が険しい顔をしつつ、眼鏡をかけた。夜叉の真紅の瞳は特殊加工の眼鏡で黒目に見えるようになる。

「我が子はいくつになっても心配なものなのだ。しかもヤヌラの一件がある。ふたりだけで行動して凶悪なあやかしに襲われないかというのが問題だ」

「平気だよ。今は妖気が薄いじゃないか。それに僕らだって夜叉の末裔《まつえい》で神気があるわけだし、そこらのあやかしにはやられないよ」

確かに今は妖気がほとんど感じられず、凶悪なあやかしは近くにいないのだとわかる。私が屋敷を出たことで、敵もこれまでと同じように襲撃するわけにはいかないだろう。そうすると、春馬と屋敷のみんなの安全は確保できる。

ほっとした私は両親を安心させるように言った。

「那伽の事務所は近いから、すぐに行けるわ。それに鬼神の彼がそばにいれば、凶悪なあやかしも近づけないから平気よね」

それらをわかっているからこそ、両親は出勤しようとしているのだ。

父はビジネスバッグを持つと、スマホを手にした。

「那伽に連絡しておく」

私たちはそれぞれ支度をすると、家を出て玄関の鍵をかけた。

両親は車で出勤するので、それを見送ってから、兄とマンション近くの河原沿いを歩く。那伽の事務所は橋を越えた隣町にあるので、歩いていける距離だ。

天気は悪く、雨が降りそうに空は重かった。まるで私の心を表しているようだ。

川に架けられた橋を渡っていたとき、ひゅうと突風が吹いた。

思わず首を竦《すく》める。兄の肩にとまっていたコマも、「ピ」と鳴いて寒そうだ。

「凜、寒くないか？」

「寒いわよ。でもお腹は温めてるから大丈夫」

まだ春は遠い。

コートの中は妊婦用のワンピースに、厚手のレギンスを着用していた。それにお腹が冷えないよう、温かい腹巻きをつけている。

ふと、マンションのほうを振り返ると、そこに黒塗りの高級車が停まっているのを目にして、はっとする。

「あっ！　あの車は……」

春馬だ。

明日も迎えに来ると言っていたけれど、まさかこんなに朝早く訪れるなんて。

遠すぎて彼の姿は見えないけれど、私の鼓動はどきどきと高鳴る。

会いたいのに、会えない。

苦しい葛藤が胸のうちに渦巻いた。

隣で私の視線を追っていた兄が、気遣わしげな声をかける。

「凜……春馬と話すか？」

「話して……どうするの？　私は秘密の場所で出産するから、あなたとはもう会わない、って言うの……？」

そんな台詞に春馬が納得するわけがない。たとえ了承されても、私の心が耐えられない。

わずかに揺れ動いたけれど、今は離れていることがお互いのためなのだと私は信じた。

もう引き返せない。

私は春馬の乗っているであろう車から視線を引き剥がし、背を向けた。

兄は風で乱れた前髪をかき上げると、嘆息をこぼす。

「まあ、そうだよな。凜は安全な場所にいるから大丈夫だって、あとで僕や父さんから言っておくよ」

「そうね……お願い……」

私がいなくなって、春馬は焦っているだろうか。それとも、これで屋敷の安全が確保できたと安堵しているだろうか。

彼の反応を知るのが怖い。

家族からそれとなく近況を伝えてもらうのが、一番いいだろう。

やがて橋を渡ると、隣町に入った。

大通りをまっすぐに行き、いくつかの角を曲がると、小洒落たデザイナーズマンションが見えてくる。一階には、『橋本《はしもと》デザイン事務所』とシルバーのプレートに刻印されていた。ここが那伽の事務所だ。彼のフルネームは橋本那伽である。

兄がインターホンを押すと、すぐにドアが開いた。

コーヒーカップを手にしたままの那伽が顔を覗かせた。茶髪の寝癖を跳ねさせている。目の下に隈があるが、彼は人好きのする笑顔を見せた。

「おはよう。待ってたぞ。ふたりとも、久しぶりだな。入れよ」

「久しぶりね、那伽。お邪魔します」

ブーツを脱いでスリッパに履き替えると、フロアには最新のパソコンがずらりと並んでいた。那伽はいくつもの賞を獲得している有名なグラフィックデザイナーだが、本人は若々しく学生でも通りそうな外見と気さくさなので、そんなにすごい有名人には見えない。

「そういえば、社名ロゴでなんとかって賞を受賞してたね。おめでとう」

「悠。おまえ、全然わかってないだろ」

フロアの隣にある個室に通される。ふわりとした純白のソファはまるで日向ぼっこをするデイベッドのようだ。

「だって、幾何学的なロゴマークだから、なにがすごいのかわからないんだよね」

「そこが素人なんだよなー。まあ、座りなよ。凛はカフェインとれないから、水だな。だから悠も水な」

「なんでだよ」

どさりと純白のソファにひっくり返るように兄は座った。

私も腰を下ろしたが、あまりにもふわふわなので、まともに座るにはコツがいるようだ。少しでも力を抜くと寝るような体勢になってしまう。

クリアテーブルは奇妙な渦が絡まった脚がついている。那伽は私と兄の前に、コップに入った水を置いた。

彼は向かいの席に器用に座って飲みかけの珈琲を置くと、手にしたスマホを操作した。

「夜叉からメッセージが届いたよ。『悠と凜がそちらに行くから頼む』だってさ」

「その前に僕からメッセージ出してたろ？」

「悠のは意味不明だな。『ヤヌラで離婚の危機・秘密の地で出産・救援求む』って、わけわかんねえよ」

「情報を的確にまとめたんだよ。わかりやすいと思うけどな」

兄がそんなメッセージを送信していたとは知らず、私は慌てて一部を訂正した。

「離婚じゃないわよ！　ただ私が屋敷にいたら、ヤヌラのような凶悪なあやかしに襲われてしまうから、身を隠して出産することを望んだの」

那伽は表情を引きしめた。茶色の瞳が猫のように細くなる。

「ヤヌラの妖気が異常に高くなった日があったな。あのときに屋敷が襲われたのか」

「ええ。お父さんや春馬は、何者かがヤヌラをそそのかしたと予想しているわ。おそらく、八部鬼衆の誰かが……」

「おいおい、オレじゃないぜ」

「それはわかっているわよ。那伽を疑ってるわけじゃないわ」

「薜茘多あたりじゃないのかぁ？　……でも、あいつは鳩槃荼と同じ増長天の眷属なんだよな。小競り合いならともかく、今回みたいな大きな事件を仕掛けるとは考えにくいか」

那伽でもヤヌラを操った者が誰か、はっきりとはわからないようだ。

コマは兄の肩から下り、ソファの端で羽を休めている。

ソファに完全に仰臥した体勢になっている兄は、天井を見ながら言った。

「証拠がないから、なんとも言えないよ。それよりさ、凶悪なあやかしから身を隠すなら〝とこしえの桜〟が最適だと思うんだけど、今から行こうよ」

「あー、あそこか。確かに最適だな。でも帝釈天の許可がないと駄目なんじゃね？」

「実は、今は僕が帝釈天から借りてる状態になってるんだよね。勉強するのにちょうどいいと思ってさ。だから住めるようにいろいろ持ち込んでるんだ」

「なーるほど。さすが手懐《てなず》けるのが上手だな」

がばっと起き上がった兄は唇を尖らせた。

「猫を手懐けるみたいに言わないでほしいなあ。どちらかというと帝釈天は寂しがりのウサギって感じだよ」

帝釈天は誰もが恐れる神世の主なのだけれど、兄や私には甘いところがある。特に兄に対しては友人のように接し、いろいろとわがままを通しているようだ。夜叉の末裔である私たちを、親のような気持ちで見守ってくれているのかもしれない。そうでなければ兄を一時的にとはいえ善見城に住まわせたりしないだろう。

「その感性は悠にしかわからないんだろうな。……ってことで、さっそく行ってみるか。オレはあそこに入るのは初めてだよ」

ふたりの話している〝とこしえの桜〟とは、いったいどんなところなのだろう。帝釈天の所有地のようだから、神世なのだろうとは思うけれど。

立ち上がった兄はポケットを探り、五角形に象《かたど》られた真鍮《しんちゅう》の貨幣のようなものを出した。それには複雑な紋様と梵字《ぼんじ》が描かれている。

「これ通行証ね。闇の路を開けるのはよろしく」

「オーケー。じゃあ準備はいいか？」

私は頷いた。

ふたりに寄り添い、神世と現世をつなぐ闇の路が開かれるのを待つ。

那伽が指先をくるりと回すと、クリスタルのコップから水が生き物のように飛び跳ねた。龍王とも呼ばれる那伽は水を操れるのだ。

私たちを守るように水の膜が張られる。すると、兄の手にしている通行証が黄金の光を放った。特別な場所へ行くための儀式だ。

さあっと、那伽が滝をかき分けるかのような仕草をすると、なにもなかった空間に闇の路が現れる。

兄の肩にのっていたコマが飛び立ち、ぽうと光を放った。

暗黒の闇の路では、明かりなどないのだ。迷ったら一生出られない恐ろしい場所なのである。

「あっ、そうだ。コマは〝とこしえの桜〟に入れないんだ。またここに戻ってくるから、オブジェのふりでもして待っててよ」

兄の言葉に、同行するつもりだったコマは「ビュビュ！」と怒ったが、言う通りに部屋の棚へ向かうと、そこへとまった。誰が見ても橙色の美しいコマドリのオブジェである。

「じゃあ、行くぞ。オレが入ったら閉じるから、悠と凜は入ってくれ」

那伽の指示通り、私と兄が先に足を踏み入れる。最後に闇の路を開いた那伽が入ると、これまでいた現世の入り口は完全に閉ざされた。

すると、兄の手にした通行証が、ぱぁっと光り輝いた。黄金の光は一定の方向を指し示す。

「あっちだね。場所としては神世なんだけど、あやかしは入れないんだ。だからコマは留守番するしかない」

「神世なのに、どうしてあやかしは入れないの？」

「うーん、神世ではあるんだけど、そういう決まりっていうか……行けばわかるよ！」

説明するのは難しいらしい。

やがて長い間、光の指し示すほうへ闇の路を歩いていくと、一点の光が見えてくる。

ようやく出口に辿り着いた。

那伽が幕を開くように腕を大きく動かす。すると、煌めく光が目に飛び込んできた。

「さあ、着いた。ここが〝とこしえの桜〟と呼ばれる地だよ」

兄の言葉が私の胸に、きらきらと反響する。

「ここが、〝とこしえの桜〟という秘密の場所なのね……」

満開の桜が世界を薄い桃色に染め上げている。

空は雲ひとつない晴天で、さらさらと小川が流れていた。

そよぐ風は春の暖かさを感じさせて心地よい。まるで桃源郷《とうげんきょう》のようなところだ。

辺り一面の桜に囲まれた広場に、こぢんまりとした家がぽつんと建っていた。

それ以外の建造物らしきものはなにもない。

「あの家が僕が使ってたところ。ほかにはなんにもないよ。ここの桜は散らないんだ。ずっとこの景色だから、時間を忘れちゃうよ」

「えっ。桜が散らないの？　どうして？」

「さあ？　だから〝とこしえの桜〟って名前なんじゃないの？」

なぜかこの桜が散ることはないらしい。ずっと満開のままだなんて、まるで夢のようだ。

小川を渡っていた那伽が、今度は空を見渡す。

「もうひとつ、気づいたことないか？　凜」

「えっ？　なにかしら……」

「ここには、あやかしはもちろん生物がいないんだ。鬼神に等しい神気の持ち主しか、この地には入れない。だから、あやかしに襲われる心配もなくて安心ってわけだな」

言われてみれば、空には小鳥は飛んでいない。さえずりすら聞こえなかった。

小川の水は清らかで、さらさらと流れているけれど、魚は一匹もいない。

この地には、清涼な神気が感じられる。

けれど、高い神気の持ち主しか入れないのはどういうわけだろう。

「実質的に鬼神の一族しか入れないのね……。どうしてなの？」

那伽は首を捻った。

「さあな……。鬼神でもこんな退屈なところに来ないよ。なーんにもないんだもんな。会合なら誰かの居城のほうが便利だし。でも凜が身を隠すにはちょうどいいだろ」

「そうだ！　ヤヌラを操ったのは八部鬼衆の誰かなんだよね。凜を狙う鬼神が来られないよう、帝釈天には誰にも通行証を発行しないように僕から頼んでおくよ。帝釈天の許可した通行証がないと、ここには入れないから」

手を打った兄に同意して頷く。そうすると、ここを出入りできるのは私たちだけということになる。厳密には通行証を持つことを許可された兄のみ。

鬼神といえども、春馬でさえ来ることはできない。

春馬が訪れることはないと知り、胸の奥がなぜかちくりと痛むが、私は気にしないことにして桜を眺めた。

「それなら安心ね。ここはとても綺麗な景色で、落ち着けそうなところだわ」

満開の桜をずっと見ていられるなんて、とても贅沢なことだ。あやかしやほかの鬼神が侵入する心配もないし、ここなら安全に暮らせる。

「気に入ってくれてよかった。ま、オレの予想ではすぐに飽きると思うけどな」

「そんなことないわよ。赤ちゃんが生まれるまで、ひとりで頑張るわ」

大きくなったお腹に手をやって、決意を新たにする。

出産までは、あと数か月だ。

「ひとりじゃないよ。いつでも僕たちがサポートするからね。さっそく家の荷物を整頓しよう。僕が使った極上羽毛布団を干さないとな」

兄は、がらりと玄関を開けた。家の中に入ると、押し入れを開けて布団を取り出す。

小洒落た古民家といった感じの家で、黒鳶色《くろとびいろ》の柱や床は落ち着きを感じさせた。丸いちゃぶ台があり、なんだか懐かしい。

そうして兄と那伽は闇の路を何度も往復して、生活に必要なものを運び込んでくれた。私の衣類や食料、飲料水や調理道具まで。

スーツケースを開けた兄の荷物整理を手伝っていると、横の縁側で那伽はバンザイをして寝転がっていた。

「年は取りたくないね」

「オレは永遠の十五歳だっつうの……」

兄の茶化しに、那伽は力なくつぶやいた。

仕事もあるだろうに、突然押しかけて手伝ってもらったのだ。那伽には感謝してもしきれない。

「ありがとう、那伽。こんなに手伝ってもらって」

「いいってことよ。凛が生まれたときからずっとオレは見てきたんだから、その凛の幸せのためならこれくらい……」

と言いつつ、彼は仰臥した姿勢から動かない。よほど疲れたらしい。

「しょうがないな。回復してあげるよ」

そばに寄った兄が那伽の肩に手をかざす。

すると、ぽう……と温かな光が生まれて、シャボン玉みたいにふわりとこぼれ落ちて消えた。

兄の特殊能力である〝治癒の手〟だ。

疲弊した体や傷を治せる便利な力は、私にはないので、以前は劣等感を抱いていたものだった。

ひょいと那伽は起き上がると、肩を回した。

「おっ。疲れが取れたな。……ちょっとだけ」

「それは全快するほど治してあげたら、僕が疲れるからね」

「等価交換の能力なのか。ま、そりゃそうだろうな。病人をいくらでも治せたら神か悪魔だよ」

「僕たち鬼神なんだけど？」

楽しく会話するふたりを横にして、私は衣類の整理を続ける。

室内からは小川が流れる広場の向こうに、ずらりと並んだ満開の桜が見える。まるで桜たちに守られているようだ。

やがて荷物の整理が一段落ついて、那伽は腕時計を確認した。

「そろそろ戻るか。事務所から消えてる時間が長いとスタッフに怪しまれるからな」

「そうだね。コマもぷるぷる震えてたし、置物のふりも限界みたいだった」

相当な時間が経ったと思えるが、まだ外の陽は高かった。

ひとりになるのは寂しいけれど、ふたりとも自分たちの生活がある。

私は笑みを浮かべて、ふたりに言った。

「手伝ってくれて、ありがとう。私、ここで暮らしてみるわ」

「ここなら安心だと思うけど、ひとりで大丈夫かな……？」

「平気よ。お腹の子もいるから、ひとりじゃないし」

別れ際になって心配そうな顔をする兄に、お腹を撫でて孤独ではないことを見せる。

那伽は外の桜並木を眺めながら、ふとつぶやいた。

「凜。困ったことがあったら、桜に頼むんだ。〝とこしえの桜〟の主は、あの桜たちなんだってさ」

「へえ……あの桜たちがあやかしということなの？」

「詳しくはオレも知らないんだけど、そういう伝説だよ。ま、『スプーンがない』とか言ってもなにも起こらないと思うけどな」

「覚えておくわ。本当に困ったことがあったときには、桜にお願いしてみるわね」

台所の引き出しを漁《あさ》った兄は、スプーンを掲げた。

「スプーンはあるから大丈夫だよ」

「悠。おまえのそういうところ、オレはけっこう好きだぜ」

「なに言ってんの。気持ち悪い」

私たちは大笑いをした。

近頃は心配事が重なって沈鬱な気分だったので、久しぶりに笑った気がする。

那伽と兄は、それぞれが持ってきた空のスーツケースを手にして立ち上がった。

「さて、行くか。また様子を見に来るからな、凜」

「じゃあね。父さんと母さんにはそれなりに報告しておくよ。もちろん春馬には内緒にしておくけどね」

私も見送るために外へ出る。

広場で兄が通行証を掲げると、光が放たれた。那伽が空間を切り開くと、闇の路が出現する。

じゃあね、と手を振って、ふたりは闇の路へ入っていった。

闇の路が消えると、なにもない空間がそこにある。

私は振っていた手を下ろした。

ひとりになると、途端に孤独感が増した。今まで大騒ぎをしていたから、余計にそう感じるのかもしれない。

でも、ひとりじゃない。

私は両手をお腹に添える。

「一緒にいるものね……。ママ、頑張るからね」

この子が生まれたら、いずれママと呼んでくれる。

その未来を思い、私は桜を見つめながら胸を熱くした。


こうして〝とこしえの桜〟の地での生活が始まった。

まず驚いたのは、ここには昼しかないということだった。

天空の太陽は傾かず、夜にならないのである。これでは今が本当は昼なのか夜なのか、時計を見てもよくわからなくなる。

それに雨が降らなかった。

雲ひとつない空はいつでも快晴で、太陽が燦々《さんさん》と降り注いでいる。そよぐ風は心地よく頬を撫でていった。

もちろん、桜は満開のまま。

通常なら数日で葉桜になるはずなのに、どれだけ経っても一片も散らない。

私がここで暮らし始めて二か月ほどが経ち、毎日が穏やかに過ぎていった。もちろん、あやかしが入れないので、襲われることもない。

兄と那伽は数日おきに、食料の補充がてら様子を見に来てくれるけれど、お互いに報告するような変化はなかった。

ただ、兄から『春馬が実家を訪ねてくることはなくなった』と聞いたときはショックを受けた。

私から黙って身を隠して、彼は事情も知らされていないのに、私を捜すことを諦めたと知って落胆するのはおかしいのかもしれない。

もう春馬は私を見限ったのだろうか……。

左手の薬指を眺める。そこには陽射しを受けて輝く結婚指輪があった。

それに、赤ちゃんの小さな指輪も、ネックレスに通して首から提げている。

縁側に座って、ぼんやりしながら赤ちゃんの指輪を指先で撫でた。

「私は春馬を守るためと信じたけれど、それは夫婦でなくなってしまうことにつながるのかしら……」

これからどうなるのだろう。

臨月までここで暮らして、出産間近になったら現世へ戻り、向こうの病院で産むつもりだけれど、そのあとは……。

春馬に会っても、女の子だと知られて落胆されるだけだ。

やはり、離婚につながってしまうのかもしれない。

それでも私は、この子を守る。女の子でよかったと思っている。なぜなら、私のように、この子もいずれ好きな人の子を産めるのだから。

それは最高の幸せだ。

どうしようもない寂寥感と、己を鼓舞《こぶ》することの繰り返し。

代わり映えしない景色のためか、考え事をする時間ばかりが長い気がした。

「ずっと満開の桜というのも飽きるわね。那伽の言った通り、退屈だわ。やっぱり桜はいずれ散るから美しいと感じるのかしら」

もしかして、造花だろうか。

ふと気になった私は満開の桜の正体を確かめようと、縁側から腰を上げた。

家から桜並木までは、そう遠くはない。こぢんまりした広場の小川を越えて、散歩がてら向かう。

〝とこしえの桜〟の地は、ぐるりと桜に取り囲まれているので、どこを見ても満開の桜である。しかも一列のみではなく、深い森のごとく、どこまでも続いているのだ。

一本の桜の木に近づいて、しなだれた枝に咲く花びらにそっと触れる。

少し冷たくて、しっとりしている。

造花ではない。本物の桜の花びらだ。

この地の主だそうだけれど、桜はなにも言わず、ただ風にそよいでいるだけ。

現世の桜とまったく変わりなかった。

「何者なのかしら……。それに、桜の向こうはどうなってるのかしらね」

ここが神世の果てなのだとしたら、桜が途切れたら神世の世界が広がっているのだろうか。

奥へと歩いてみるが、どこまで行っても同じ景色が広がっていた。まるで果てのない無限世界みたいだ。

そのとき、私は驚きに目を瞬かせる。

樹木の陰に動くものを見つけた。

「あっ……」

白馬だ。

こちらを見ていた白馬はすぐに馬首を返し、姿を消した。衝撃で桜の花びらが散り、純白のたてがみに絡みつく。

一瞬だったけれど、見覚えのある白馬は、春馬のしもべのシャガラではないだろうか。

「どうして、シャガラがここに……」

偶然だろうか。それとも春馬が私を捜しているのだろうか。

どきどきと鼓動が高鳴るけれど、シャガラは主を乗せておらず、一騎のみだった。

やはり偶然、迷い込んだだけと思える。鬼神並みの神気の持ち主しか入れない場所だから、春馬のしもべのシャガラは少しだけ踏み込めたのだろうが、慌てて引き返したのだろう。

溜め息をついて、もと来た道を引き返す。

桜にさらわれるなんてことはなく、すぐに広場に戻れた。


小川を越えて家に辿り着き、またもとの縁側に腰を落ち着ける。

指先には、桜の花びらに触れた感触が残っていた。

「春馬……どうしてるかしら」

心配しているだろうか。彼の顔が見たいという衝動が湧き、首を横に振って打ち消す。私から勝手に身を隠したのに、どうして彼に会えるというのだろう。

それからシャガラを見かけることはなかった。もちろん、ほかのあやかしもいない。

満開の桜に囲まれているうちに、あれは夢だったのかとも思うようになった。


変化が訪れたのは、数日後だった。

すっかり満開の桜を見飽きていた私は、部屋で本を読んでいた。

縁側のほうの窓は風を入れるため、開け放っている。

すると、ふと風がやんだ。その直後に、ひゅうと突風めいたものが吹いたので、驚いて顔を上げる。

いつも同じ風しか吹かないはずなのに、今の変化はなんだろう。

私は数日前にシャガラを見かけたことを思い出した。

「もしかして……春馬？」

彼が迎えに来たのだろうか。それは困るのだけれど、会いたいという切ない想いが湧いた。

桜並木に目を向けると、そこには闇の路が出現していた。樹木の間に、ぽっかりと闇が開いている。

まさか春馬がやってきたのかと胸を躍らせたが、そうではなかった。

桜の木々の狭間から現れたのは、長髪を束ねた端麗な顔立ちの男性だった。彼は優美に外套《がいとう》を翻して、こちらへやってくる。

服装が中世の貴族のような格好なので、神世の住人だろうと思える。しかも、この地には鬼神に等しい神気を持つ者しか入れないはずだ。

ということは彼の正体は……。

ごくりと息を呑む。

縁側に立って警戒している私の少し離れたところで、男性は立ち止まった。彼は庭先で片膝をつき、左手を胸に当てて、騎士のような礼を取る。

「お初にお目にかかります、夜叉姫。わたくしは、鬼神の乾闥婆です」

昏《くら》い紫色の髪と同じ色の瞳をした乾闥婆は、慇懃な挨拶をした。

私が夜叉姫だからといって、鬼神より位が高いわけでもないのに律儀《りちぎ》な男性だ。

「あなたが乾闥婆……。初めまして。どうやってここへやってこられたの？　通行証がないと、鬼神でも入れないのよね？」

微笑んだ乾闥婆は袖口から真鍮製の証を出してみせた。かなり古びているが、兄が持っていたものと同じ通行証だ。

「これはもう数百年ほど前になりますが、褒賞として帝釈天さまからいただいたものです。あの頃のわたくしは帝釈天さまの第一の側近として誉《ほま》れ高く……ああ、やめましょう。昔話は長くなりますからね」

乾闥婆は自嘲《じちょう》めいた笑みを見せた。

兄の通行証は最近もらったものだが、乾闥婆も同じ種類のものを帝釈天から受け取っていたらしい。まさか昔の通行証が存在していたとは思わなかった。それを使って、ほかの鬼神がやってくるとは予想していなかったので驚いた。

「それで……私になにか用かしら？　私は事情があって今だけ、ここに住まわせてもらっているの」

「ええ、存じていますよ。だからこそ夜叉姫に会いに来たのです。わたくしはここ数百年ほど城から出ることなく、近頃の神世での動きも静観していました。ですが夜叉姫にどうしても伝えたいことがあったので、こうしてやってきたのです」

確かに、私が生まれる前から先代の夜叉である御嶽と帝釈天の確執、そして夜叉と薜茘多の諍《いさか》いなど、神世では様々なことがあったが、乾闥婆はいっさい顔を出さず、かかわりを持たなかった。

ほかの鬼神のことに興味がないのかもしれないが、それならなぜ、わざわざ数百年ぶりに城を出て、この地へ来たのだろう。

最初は突然現れた乾闥婆に警戒感を持っていたものの、鬼神同士の諍いに興味のなさそうな彼なら私を狙ったりしないだろうと、警戒を解いた。

「私に伝えたいことって、なにかしら?」

立ち上がった乾闥婆は、つと後ろを振り向いた。

そこには満開の桜が咲き誇っている。

「この桜は、なぜ散らないのかご存じですか?」

「えっ……?」

思いもかけないことを問われて目を瞬かせる。

それは兄も那伽も知らなかったことだ。

「わからないわ。散らないから、〝とこしえの桜〟という土地の名前なんでしょう?」

「そうですね。ですが、桜は必ず散る。ここの桜が散らないのには理由があるのです」

「どんな……?」

なんだか聞くのが怖いが、造花でもない桜が散らない理由は知りたかった。

乾闥婆は薄い笑みを浮かべて、深い紫色の瞳を煌めかせる。

「生贄《いけにえ》花嫁の生気を吸っているからです」

「え……えっ!?」

生贄花嫁と聞いて、どきりとする。

私は生まれる前から春馬と政略結婚することが決められていたので、いわゆる生贄花嫁といえる。

乾闥婆は過去を思い出すように、両手を後ろに組むと遠くを眺めた。

「あれは数百年前になりますか……。やはり八部鬼衆が派閥に分かれて争ったとき、生贄花嫁として女性を捧げることになったのです。夜叉姫のようにね。しかし現世とは違いまして、結婚する意味の花嫁ではありません。生贄花嫁はこの地に閉じ込められました。生贄花嫁の生気を吸い上げて桜は満開を保ち、神世の和平が守られるからです。そんなことが数百年おきに繰り返されてきたのですよ」

「そんな……生贄花嫁の生気を吸って、この桜は咲いているの!?」

「そうです。そしてすべての生気を吸い上げられた生贄花嫁は命を落とし、満開の桜は数百年間維持されるというわけですね」

驚愕の事実を知り、息を吞む。

ということは、ここにいたら桜の生贄になって命を落としてしまう。

「そんな話は初めて聞いたわ。兄さんや那伽はなにも言ってなかった」

「彼らは若いですからね。なにも知らなくても当然でしょう」

生気が吸われているという感覚はないが、徐々に体力が奪われるのかもしれない。

言われてみれば、この地に来てから体がだるい気もする。

「で、でも、私は閉じ込められているわけではないのよ。いろいろと事情があって、極秘に出産するためなの」

私自身は生贄花嫁としてこの地に捧げられたわけではない。出ようと思えば、いつでも出られる……。そのはずだ。

乾闥婆は私の不安を汲んだように、双眸を細めた。

「生贄花嫁が桜に捕まったら、もう逃げられませんよ。夜叉姫は神世の和平のため鳩槃茶と婚姻を結びましたが、結局は〝とこしえの桜〟に捕まってしまった。生贄花嫁はそういう運命なのです」

私は身を震わせた。

春馬とすれ違ったのは、そうなる運命だったのだろうか。

今から赤ちゃんを出産しなければならないのに、生気を吸われて死ぬわけにはいかない。

「どうしたらいいの？　ここから出られる方法はないの？」

「方法はありますよ。わたくしは身重の夜叉姫をこのまま亡骸《なきがら》にするのはしのびない。ですから助かる方法を教えるために来たのです」

私は祈るように両手を握りしめて、瞬きもせず乾闥婆を見つめた。

助かる方法があるのなら、ぜひ知りたい。

乾闥婆は桜並木の向こうを指差した。

「この地の果てに、石像となったかつての生贄花嫁がいるのです。夜叉姫の能力で彼女を復活させることができたなら、桜の呪いが解けるかもしれません」

「石像になった生贄花嫁……。でも、私の能力で彼女をもとに戻せるかしら」

「諦めますか？　ここで満開の桜を見ながら、胎児と死を迎えるという選択肢を取るのも、あなた次第ですが」

そんな結末を迎えるわけにはいかない。私の能力が通用するかどうかわからないけれど、とにかくその石像となった生贄花嫁を見てみよう。

「やってみるわ。その石像のあるところまで、案内してもらえるかしら」

「承知しました。では、わたくしについてきてください」

桜並木に向かって歩きだした乾闥婆についていくため、私は靴を履いて立ち上がった。

だがそのとき、じわりとした痛みをお腹に感じる。

なんだろう。ほんの少しなのだけれど、お腹の奥のほうに小さな痛みがある。

もしかして、これが桜に生気を吸われているということなのだろうか。

それなら、石像となった生贄花嫁の件を解決すれば、きっと痛みも治まるはずだ。

乾闥婆の後ろについていき、桜並木を延々と歩き続ける。

先日、この辺りでシャガラを見かけたが、どこを見回してもシャガラもほかのあやかしもいなかった。鳥などの動物もいないので、とても静謐《せいひつ》な空間だ。

私と乾闥婆の足音が、やたらと響く。

すると、ふわりと一片の花びらが散るのが目に入った。

桜は散らないはずなのに、風で落ちたのだろうか。私の髪に絡まったが、かき上げても取れないのでそのままにしておいた。

――行くな。

そのとき、耳元で誰かの囁き声が聞こえた気がした。

「え？　なにか言った？」

振り向いた乾闥婆は小首をかしげる。

「いいえ、なにも」

「そう……気のせいね」

遠くに目をやると、霞《かす》んだ桜が見えた。

〝とこしえの桜〟の果てに石像があるというけれど、かなり遠いのだろうか。

なんだか歩くたびに、お腹の痛みがじわりじわりと大きくなってきた気がする。

私は前を歩く乾闥婆の背に声をかけた。

「ねえ、乾闥婆。石像のある場所は、かなり遠いのかしら？」

「そうですね。なにしろ果てですから……。疲れたなら、抜け道を使いましょうか」

抜け道があるのなら、ありがたい。

乾闥婆は懐《ふところ》から通行証を取り出すと、指先で空間を切り裂き、闇の路を出現させた。

「さあ、どうぞ」

闇の路は出現させた者が入ると閉じる仕組みになっているので、同行者がいるなら先に入る必要がある。

暗黒の道を目にした私はふと、思った。闇の路を通るなら、この〝とこしえの桜〟の地から出ることになるのではないだろうか。

けれど考えている暇はなかった。今さら引き返すわけにはいかない。

私は闇の路へ踏み込んだ。

お腹の痛みは気になるほど、じくじくとしている。どうしよう。闇の路を出たら、少し横になれる場所があるといいけれど。

抜け道のわりには、闇の路はひたすら長く感じられた。私の体調が優れないせいだろうか。現世と神世より距離があるようだ。

「まだかしら？」

そう問いかける私の息があがっている。

痛みのために、私はすでにお腹に手を当てていた。無意識にお腹をさする。少し、歩きすぎて無理をしたのかもしれない。

「さあ、着きましたよ」

その言葉に、ほっと胸を撫で下ろす。

乾闥婆は指先を操り、闇の路の出口を作った。

一歩外へ出ると、目に飛び込んだ景色に私は呆然とする。

そこには桜はなく、それどころか鬱蒼《うっそう》とした森の中だった。あやかしの樹木なのか、枝がうねって私を捕まえようとしてくる。

乾闥婆が軽く手で払うと、あやかしの枝は折れた。

だが樹木が身じろぎし、私たちを獲物として様子をうかがっている。それは一本だけではなく、森全体が蠢いていた。

ほかにも「キイィ」と声をあげる妖鳥の影が見えて、辺りは不穏な気配に満ちている。

「ここが〝とこしえの桜〟の果てなの？」

「そうです。あまりにも異なる雰囲気で驚いたでしょう。そして、あそこが石像のある神殿です」

乾闥婆が指差した先には、まるで廃墟のような寂《さび》れた神殿があった。

蔓《つる》が伸びていて、苔《こけ》に覆われている。

「この神殿は、かつては美しい場所だったのですが、あやかしの住《す》み処《か》になり、荒れ果ててしまったのです。この樹木のあやかしは厄介でしてね。いわゆる野良あやかしなので、鬼神の言うことを聞く頭など持っていない。ただひたすら獲物を襲うことしかしないのです」

とても詳しく説明され、違和感を覚える。

乾闥婆はこの神殿に何度も来たことがあるようだ。もしかすると生贄花嫁は、彼の花嫁だったのだろうか。

それに不思議なことがある。

なぜ、〝とこしえの桜〟の地に、あやかしがいるのだろう。いくら果てとはいえ、鬼神のしもべでもない野良あやかしが住み着いているなんて不審だ。あの清涼な土地と、ここの不穏な場所は似ても似つかない。

不安を覚えたせいか、お腹がずきずきと痛みだす。

「こ、ここは本当に〝とこしえの桜〟なの？　こんな危険なあやかしがいるなんて、おかしいわ」

疑問を投げると、乾闥婆は冷徹な双眸を向けてきた。端正な顔立ちに、氷のような冷酷さが混ざり、ぞっとする。

「あなたはなにも考えず、石像をもとに戻せばよいのです。さあ、その稀有な能力を役立てなさい」

腕を掴まれ、神殿へ引きずられる。

それまでの紳士的な態度とは一変して、乾闥婆は強引に私を連れていく。

彼にはなんらかの思惑があり、騙《だま》されたのだろうか。

振りほどこうにも、お腹の痛みが増して、歩くことすら覚束ない。

「待って……お腹が……」

痛みに耐えながら神殿に入ると、そこには確かに、女性の石像があった。着物をまとった美しい女性で、どこか悲しげな表情をしている。

しかも台座に飾られているわけではなく、床に置かれている状態だ。

まるで人間がそのまま石化してしまったように見える。

「彼女が、桜に生気を吸い取られた生贄花嫁……？」

「そうです。さあ、彼女をもとに戻しなさい」

そうしようにも、揺さぶられるようにぎりぎりとお腹が痛い。とても能力を使えるような状態ではなかった。

私の赤ちゃん……どうなるの？

乾闥婆に私を休ませようという意思はなく、腕を掴んで石像に触れさせようとする。その間にも、神殿内に入り込んだ樹木のあやかしが枝を伸ばして、私の体を搦《から》め捕《と》ろうとしていた。

「た、助けて……！」

思わず叫んだそのとき、黒髪に絡まっていた桜の花びらが光を放つ。

眩い光に照らされ、あやかしの枝はぼろりと崩れ落ちた。

光の眩《まぶ》しさに、乾闥婆は目元を覆った。

「この光は……!?」

輝く光に呼応するように、馬のいななきが辺りに響く。

「凜、無事か！」

愛しい人の呼び声に、私の鼓動が高鳴る。

「は、春馬！」

振り向くと、白馬のシャガラに跨がった春馬が神殿内に踏み込んできた。

彼は手にしていた槍を一閃して、密林のようなあやかしの枝を薙ぎ払う。

来てくれた――。

その喜びに、全身から力が抜けて安堵した私の体はくずおれた。

「邪魔が入ったようですね……。今回は諦めましょう」

そうつぶやいた乾闥婆は私から手を離した。神殿の陰に、すうっと身を潜める。

下馬した春馬は、倒れている私の身を抱え起こした。

「心配したぞ！」

「春馬……お腹が……痛いの。赤ちゃんが……」

身が引き絞られるように腹部が痛くて、尋常ではないと訴えていた。

流産……死産……？

赤ちゃんは、死んでしまうのだろうか。

すぐに私を横抱きにした春馬はシャガラに騎乗した。

「城へ連れていくぞ。まずは医者に診せて休むのだ」

瞬く間に鬱蒼とした森を抜け、鳩槃荼の居城を目指す。

シャガラが駆けるたびに、私の意識は遠のいていった。

お願い……死なないで、私たちの赤ちゃん……。

私の眦から涙がこぼれ落ちた。

しっかりと私を抱いた春馬の力強い腕だけが、今は心の支えだった。

ややあって、鳩槃茶の居城へ到着した。

すぐに侍医の診察を受けると、切迫早産の状態にあるということだった。無理をしすぎたせいでお腹の痛みがひどくなり、正産期ではないのに赤ちゃんが産まれてきてしまうかもしれないのだ。今はまだ八か月なのに。

しかも早産になれば胎児が成長しきっていないので、赤ちゃんにリスクがある可能性が大きくなる。最悪の場合は、死んでしまうかもしれない。

このまま安静にしていて、お腹の痛みが治まれば早産を免れるかもしれないとのことだった。出血はなく、破水もしていなかった。

私は寝台に横になりながら、激痛にひたすら耐えた。

赤ちゃんを失うかもしれないという不安と、どうして無理をしたのだろうという後悔で、心は押し潰されそうだった。

そのとき、シーツを掴んでいた私の手を、そっと大きなてのひらが覆った。

とても温かくて、肌にじんわりとなじんでくる。

私の大好きな春馬の手だ。

うっすらと涙に濡れた目を開けると、そばには身をかがめた春馬がいて、私の顔を覗き込んでいた。

目からこぼれた雫《しずく》を、彼は指先で拭う。

「春馬……赤ちゃんが……」

「大丈夫だ。必ず助かる」

ぎゅっと手を握られる。

春馬がそばにいてくれることが心強くて、でも彼に迷惑をかけたことが申し訳なくて、また涙がこぼれた。そうすると春馬はまた指先で私の濡れたこめかみをなぞる。

大丈夫だ、助かる……大丈夫……と、春馬は優しく唱え続けた。

けれど、お腹はびりびりと痛む。あまりの激痛に私は顔をしかめた。

「死んじゃうの……？　私たちの赤ちゃん……」

「死なぬ。凛、子どもに生まれてきてほしいと願うのだ。赤子が生まれて、俺たちは平穏に家族で暮らす。そうして幸福になる」

悪いことばかり考えていては、より心が不安に蝕《むしば》まれてしまう。だから春馬は、幸せな家族をイメージするよう促しているのだ。

深呼吸をした私は、赤ちゃんが生まれてきて、オギャアと第一声をあげる想像をした。

小さな赤ちゃん。ママになった私は、赤ちゃんに初乳をあげる。

そうしてすくすくと育って、首がすわり、お座りができるようになって、ハイハイをする頃には、つかまり立ちができるようになる。

子どもが歩くようになったら、いつもママが後ろをついて歩いて、危険がないか見ていないといけないいから大変だって、お母さんが言ってた。

覚束ない歩き方の子どもが転んで泣くと、春馬が抱き上げて、あやしている。

春馬は優しい笑みを我が子に向けていた。

あれ……？　春馬、どうして……？　女の子なのに……。

許してくれたの？　それとも生まれたのは男の子だったの？

うとうとした私は、未来を夢に見た。

思い描いた未来は幸せで、儚《はかな》い。

ふと瞼を開けると、すでに室内は暗くなっていた。しばらく眠っていたらしい。そばにある橙色のランプがほんのりと灯り、ほっとする。

夜を体験するのは久しぶりなので新鮮に感じた。

〝とこしえの桜〟の地は夢のような桃源郷だけれど、夜がなかったから。

ふと顔を横に向けると、春馬は先ほどと同じように私の手を握ったまま、うつ伏せになって眠っていた。

風邪を引いてしまうと思い、私は自分にかけられていた毛布をずらして、彼の肩を覆う。

そうすると、ふと春馬が目を開けた。

「あ、起こした？」

「凜。具合はどうだ？」

問われて、はっとする。

眠る前の激痛は、いつの間にか去っていた。

「もう痛くないわ。少し、じんわりする感じが残ってるけど……」

「そうか。もうしばらく安静にしているのだ。水を飲むか？」

頷くと、水差しを手にした彼は、慎重に私の口元に持ってきた。

こくんと嚥下《えんげ》すると、冷たい水が喉元を流れ落ちて心地よい。

綺麗な仕草で水差しを置いている彼の一挙一動を、私は胸を熱くして見ていた。

こうして春馬とふたりきりになるのは、随分と久しぶりだ。

「……春馬、どうして助けてくれたの？」

「凜は俺の花嫁だ。助けるのは当然だ。夜叉から安全な場所にいるとは聞いていたが、安穏となどしていられぬ。方々を捜し回った」

「シャガラを〝とこしえの桜〟で見かけたわ。私、ずっとあそこに身を隠していたの」

「うむ。シャガラが奇跡的に踏み込めたので、凜があの地にいるのは把握していた。

だが、あそこは特別な場所でな……。俺は通行証を持っていないので、手をこまねいていることしかできなかった」

シャガラが訪れたのは、そういうことだったのだ。春馬は手を尽くして私の行方を捜してくれていた。

「通行証を持っていたら、私を無理やり連れ戻していた？」

「……いいや。無理やりになどしない。だが、凜がどのように思っているのか、話がしたかった。俺はおまえの気持ちが知りたかったのだ」

彼になにも言わないことが事態を丸く収めるためと信じたのだけれど、それは春馬に大きな心配をかけさせることになってしまったのだ。

私のほうこそ彼の気持ちを無視して、出産のみを優先させていた。

春馬を傷つけたくないという思いに嘘はない。けれど、私の行為が彼の心まで傷つけてしまったのだった。

「ごめんなさい、心配かけて。私が屋敷にいたら、またあやかしに狙われて、春馬や屋敷の人たちに怪我をさせてしまうわ。このままじゃ、あなたを幸せにできないと思って、身を隠して産もうとしたの」

春馬は肩にかけていた毛布を、再び私の体にかけ直した。

そうしてから身をかがめ、両手で私の手を握る。

「そこまで追いつめたのは俺が悪かった。あのときの俺は、すべてを守ろうとして凜の気持ちを考えていなかった。おまえはただ、俺に守られていればなにも心配はないのだと、一方的な思いだったのだ」

「春馬が必死だったのは、よくわかってるわ。だからこそ、あなたを守りたかったの」

「俺のためだったのか……。だが俺には夫婦が離れているなど、考えられぬ。凜は離縁を望んでいるのではないかとも思った」

離婚なんて望んでいない。

離れている間も、春馬のことが頭をたびたびよぎっていた。会いたい、という衝動を何度も打ち消した。

けれど私の身勝手な行動が、ふたりに離婚の危機があると思わせてしまったのだ。

「私も春馬を追いつめてしまったのね。もちろん、離婚したいなんて思っていない。春馬が好き……愛してるわ」

「それを聞いて安堵した。俺も愛している。もう離さない」

固く抱き合い、互いの想いを確かめ合う。

春馬の熱い思いは充分に伝わり、じんと心に染み込んだ。

ふたりの愛の証を誰にも奪わせない。

ふたりの愛の証は決して手離さない。

けれど、私には春馬の落胆を招く事情があった。それを話さなければならないだろう。

「ごめんなさい、お腹の子のことで隠していたことがあるの……」

「なんだ？　冷静に受け止める覚悟はできている。なんでも言ってほしい」

春馬は真摯な双眸で、身がまえていた。

なんと言われても受け止める覚悟を、彼はしている。

ごくりと息を呑んだ私は打ち明けた。

「お腹の子は、女の子なの」

「それで？」

「……それだけよ。春馬は政略結婚をするときに、必ず跡取りが欲しいという条件をつけたでしょう？　でも、城主の八部鬼衆はみんな男性なのよね。ということは、女の子は跡取りになれないから、いらないと言われるんじゃないかと、私はずっと恐れていたの」

胸のうちをすべて吐露《とろ》して、深い息を吐く。

すべて聞き終えた春馬は、碧色の目を瞬かせていた。

「俺がいつ、第一子は男子でなければならぬ、などと言ったのだ？」

「えっ？　……そういえば、言ってないけど」

確かにはっきりとは言われていない。でも、跡継ぎが欲しいというのは、つまり男子でなくてはならないということなのではないか。

「でも、富單那と話したとき、『鳩槃茶一族の跡取りなのだから、男に決まっている』と言ったでしょう？　だからあなたは男の子を望んでいると思ったの」

「そういえば、そんなことを言ったな。あれは話の流れというか、女子なら富單那が嫁にもらうと言い出すのを先んじて制したまでだ。男子でなければならないという本気の宣言ではなかった」

「あ……そういうことだったのね。私が誤解していたみたいだわ」

小さく嘆息した春馬は、私の手を握り直した。

「俺は女城主でもよいと思っている。だが、子が嫁に行きたいと望むのなら、第二子に継がせるだとか、柔軟に考えていけばよいのではないか？　確かに八部鬼衆はみな男だが、明確な決まりはない」

「じゃあ……この子が女の子でも、いいの？」

「もちろんだ。そもそも、なぜ俺たちの子はひとりきりとされているのだ？　俺はこれから、凜と十人は子をもうけたいのだが。そうすると逆に誰が跡取りになるかという新たな問題が勃発しそうだがな」

彼の考えを聞いた私は肩から力が抜けてしまった。

春馬は、第一子は男子とこだわってはいなかったのだ。

「そうだったのね。私、拒絶されたらと思うと怖くて春馬に相談できなかったわ」

「俺たちは夫婦だ。なんでも相談してこそ、解決に導ける」

「そうね……あなたに打ち明けて、よかった」

夢で見た、女の子を抱き上げる春馬の姿はやがて訪れる未来だったのだ。

この子は父親に認められて生まれてこられると知り、私は心から安堵した。


数日が経ち、安静にしていた私は切迫早産を免れた。

お腹の子の鼓動も脈拍も正常であると侍医から聞いて、ほっとひと息つく。

一時はどうなることかと思ったが、赤ちゃんが無事で本当によかった。

出産まで、あと二か月。もうすぐだから、これ以上は何事もなく出産を迎えたい。

寝台に身を起こしていると、春馬は私の髪に絡まっていた桜の花びらを、ついと摘まんだ。

「あ……その花びらは、〝とこしえの桜〟のものなのよ。どうしてか、一枚落ちてくっついたの」

まだ髪についていたのだ。

花びらは危機に光り輝き、あやかしから助けてくれた。生気を吸い取る悪いもののはずなのに、私も赤ちゃんも無事だった。いったい桜は何者なのだろう。

　春馬はじっくりと花びらを眺めていたが、桜はなにも反応しない。

「シャガラが〝とこしえの桜〟から帰ってきたときも、たてがみに花びらが絡みついていた。まるで生き物のごとく漂っていたが、あの桜が教えてくれたから、凜の危機を知ったのだ」

「えっ。花びらが知らせてくれたの？」

「そうだ。俺の耳元に『凜は乾闥婆に連れ去られて持国天の神殿にいる』と囁いた。だから急ぎ、駆けつけたのだ」

「そういえば私にも、『行くな』と乾闥婆に同行することを止めるような声が聞こえたわ。不思議な桜ね……」

「あの地は不思議な場所なのだ。だが桜は俺たちの味方には違いない。だからこれは、凜が持っているといい」

　春馬は再び花びらを私の髪に絡ませた。

　そうするとまるでヘアピンのように、花びらはぴたりと髪に絡まる。

「でも桜は生贄花嫁の生気を吸って、満開に咲いているんでしょう？」

「そのような話は聞いたことがないな。乾闥婆に騙されたのだろう。乾闥婆は持国天をよみがえらせるために、凜の能力を利用しようとしたのだ。しかも嘘をつき、無理やり連れ出すとは到底許せぬ」

ふと私は首を捻った。

石像を解くのは、前の生贄花嫁ではなかったのか。それに花びらは春馬に、私が持国天の神殿にいると教えている。

「気になることがあるんだけど……あそこは、持国天の神殿だったの？」

「そうだ。石像の乙女がいただろう。彼女が持国天だ」

「え……ええっ!?」

なんと、あの石像の女性が四天王のひとりである持国天だったとは驚いた。現世に住んでいるおばあちゃんの多聞天に会ったことはあるが、ほかの四天王に会うのは初めてだ。

「乾闥婆の話では、前の生贄花嫁が桜から生気を吸われて石像になったと聞いたわ。それを数百年ごとに繰り返しているから、〝とこしえの桜〟は満開を保てているのだと。でも四天王が生贄花嫁だなんて、どういうことなの？」

「随分とよくできた作り話だ。乾闥婆は悪知恵だけは働くな。あいつらしい」

「え、全部、作り話だったの……？」

「桜が満開の秘密はともかくとして、生贄花嫁などいない。だから〝とこしえの桜〟に足を踏み入れたのも、鬼神以外では凜が初めてだ。あの石像の乙女は生贄花嫁ではなく、四天王の持国天だ」

「それなら、どうして持国天は石像になってしまったのかしら？」

私の能力でもとに戻してほしいと願うのなら、あの石像は作り物ではなく、石になった持国天本人のはずである。

春馬は首を捻った。

「ここ数百年は見かけなかったが……乾闥婆の行動からもなにか事情がありそうだな。こちらから聞いてみるか」

あの持国天の石像は、とても悲しそうな顔をしていた。もし私の能力で戻せるのだとしたらそうしてあげたい。

まずはどういった事情があるのか、乾闥婆に訊ねてみる必要があった。


鳩槃茶の居城に乾闥婆を呼び出すと、彼はあっさり姿を見せた。

客間に入ると外套を翻し、恭《うやうや》しく礼をする。

「お招きいただき光栄です。おや、夜叉姫。ご無事でなによりですね」

非常に厚かましい。先日のことなどなかったかのように飄々とした態度である。

私の腰をしっかりと抱いた春馬は、円卓の椅子を乾闥婆に勧めた。

「座れ。話を聞こう」

礼儀正しく乾闥婆は精緻な意匠の椅子に腰かけた。

私たちも向かい側に並んで腰を下ろす。

念のため、部屋の外には春馬の部下が控えている。乾闥婆が堂々と、敵陣とも言えるほかの鬼神の居城にやってきたということは闘いの意思はないと思うが、彼はいったいなにを考えているのかまったく読めない。

「話とは、なんでしょうか？」

「とぼけるな。凜の能力を使って、持国天をよみがえらせようとしただろう。しかも生贄花嫁が生気を吸われるなどと嘘で脅したうえに、体調を崩した凜を無理やり引きずっていったではないか」

乾闥婆は指先を顎に当てて考え込むようなポーズをし、黙って聞いていた。

「そういえば貴様は通行証を持っていたな。それならば凜に頭を下げて、持国天をよみがえらせてほしいと願えば済む話だ。なぜ騙して連れ去ろうなどと企むのだ」

春馬は厳しく糾弾する。

言われてみれば、素直に頼んでくれたなら私だって断りはしなかった。

乾闥婆は、さもおもしろいことを聞いたかのように、高らかに笑った。

「ハハハ！　あなたはおもしろいことを言いますね。頭を下げて、お願いする？　そのような芸当ができるわけないでしょう。鬼神たる者、他者を騙して貶《おとし》め、言うことを聞かせるのが正しい有りようなのですよ」

「相変わらず貴様は性根が歪んでいるな」

「鳩槃茶に言われたくはありませんね」

憎々しげに春馬をにらんだ乾闥婆は憤りを露《あら》わにした。

「あなたこそ、帝釈天さまに取り入り、生贄花嫁を手中に収めたではありませんか。大いなる得をしたでしょう。それなのに夜叉姫を少しも貸さぬとは、まるで小銭を出し惜しみする貧民も同然です」

まるで私を貸さない春馬に非があるかのように、乾闥婆は理論を展開した。

なんという性根の悪さだろう……。鬼神でも一、二を争う性悪ではないだろうか。

話を聞いて呆れてしまう。

「そう言うなら、なぜ初めに俺に話を持ってこないのだ。貴様はこじつけて責任を逃れているだけだろう」

「わたくしは逃げたりしませんよ。ただ、諦めもしません。また夜叉姫を奪い、能力を使わせるように仕向けます」

「ヤヌラをけしかけて屋敷を襲わせたのは、貴様だな。本来のヤヌラにはないはずの、神気の滓が残っていた」

「その通りです。鳩槃茶を倒して夜叉姫を奪おうという算段だったのに、あいつはまったく役に立ちませんでしたね。わたくしの神気を与えてあやかし以上の力を持たせたにもかかわらず、命令も聞けずに本能のまま夜叉姫の子を狙うとは、頭の悪いあやかしです。腹の子を喰らったら夜叉姫が死んでしまうではありませんか」

「貴様……！　凜は危険な目に遭ったのだぞ。ヤヌラやあやかしたちを捨て駒にしたことといい、能力だけを利用しようとは、なんたる非情さだ！」

怒った春馬は席から立ち上がった。乾闥婆は鼻で笑っている。

乾闥婆がヤヌラに命じたのは、春馬を倒して私をさらうことだった。おそらく、そのあとで鬼神の子を喰わせるだとか言って、餌《えさ》にしたのだろう。

最強の鬼神である春馬がヤヌラの攻撃に手こずったのも、乾闥婆の神気を与えて強力になっていたからだ。まさか初めに春馬が狙われていたとは知らなかった。だが実際にはヤヌラは本能に抗《あらが》えず、私のお腹の子を狙ったのだ。

私は乾闥婆に謝罪を求めるわけではない。そもそも、このような性悪な鬼神が謝罪などするはずもないだろう。

ただ、事態の解決を図りたいだけだ。

春馬の腕に触れてなだめた私は、口を開いた。

「春馬、落ち着いて。私から乾闥婆に質問してもいいかしら？」

「無論だ」

春馬は静かに席に着いた。

乾闥婆は私の能力を使いたいようだが、その前に疑問がある。

「持国天はどうして石像になってしまったの？　桜に生気を吸い取られた話が嘘なら、ほかに理由があるんでしょう？」

そう訊ねると、乾闥婆は無表情になった。理由は語りたくないらしい。

双眸を細めた春馬が言う。

「貴様が石に変えたのではないのか？　その失態を秘密裏に処理したいのだろう」

そう指摘されると、乾闥婆は目を見開き、拳で円卓を叩いた。これまでの彼の態度からは想像しにくい激高《げっこう》である。

「とんでもない！　わたくしがそんなことをするはずがないでしょう。……持国天は、自らの意思で、石像になったのです……」

「持国天の意思で？　なにがあったの？」

乾闥婆は両手で頭を抱えた。ぶつぶつとつぶやくように、語りだす。

「あれは……なにがきっかけだったでしょうか。わたくしたちは愛し合っていました。それなのに持国天は突然、わたくしの愛が歪んでいると責めたのです。わたくしの愛はこんなにもまっすぐだというのに、どこが歪んでいるというのか……。わたくしたちは口論になりました。その結果、怒った持国天は自らの姿を石像に変えてしまったのです」

乾闥婆は、がっくりと項垂れた。

持国天と乾闥婆は恋人同士で、揉《も》めた末に彼女は石像と化したらしい。

「そういえば数百年前の貴様は持国天を姫のように扱って、いつも笑顔だったな。恋仲だったのは事実だと認めよう」

春馬は腕組みをして、当時のことを語る。

「あの頃のわたくしは幸せでした……。持国天は少々怒っただけで、すぐに石化を解いて戻ってきてくれると楽観視していたのです。しかし、四天王であろうとも、一度石化したらそれを解くことはできない。それを知ったとき、わたくしは絶望しました」

「ならば、凜に言うことがあるだろう。貴様の口から言ってみろ。愛する者のために」

乾闥婆は、ゆっくりと顔を上げた。昏い紫色の瞳が、私を捉える。

「愛する者のために……ですか。しかし、私の矜持《きょうじ》が許しません」

「お願い、乾闥婆。プライドより、愛する人のほうが大切でしょう？　あなたもそうだと私は信じるわ」

私の説得に、乾闥婆は心の中で激しく葛藤しているようだった。

だが、やがて負けを認めるかのように、がくりと項垂れる。

「持国天の石化を、解いて、ください……お願い、します……」

彼は絞り出すような苦渋の声で、そう言った。プライドの高い乾闥婆にとっては、誰かにお願い事をするなんて恥辱《ちじょく》の極みなのだろう。

「だそうだが、どうする、凜？」

「もちろん、私も持国天をもとに戻してあげたいわ。だって、ふたりは愛し合っているのに、気持ちのすれ違いで数百年もの間、話せなくなってしまったんでしょう？」

私も春馬と愛し合っているのに、すれ違いにより離れることになってしまった。自分の判断だったとはいえ、とてもつらいものだった。

きっと持国天も後悔しているのではないだろうか。

ただ、私の能力を使って彼女をもとに戻すのには問題がある。

「だけど私の能力は再生を根本としていて、それが不安定なの。完全にもとの姿には戻らないと思ってほしいわ。持国天は少し違った姿になってしまうかもしれない」

「つまり、石化の一部は残るだとか、そういうことですかね」

「そうなるかもしれないし、ほかのことかもしれない。やってみないとわからないわ」

「かまいません。わたくしは彼女と和解したいのです。持国天と話がしたい」

乾闥婆の双眸に熱情がこもる。本当に持国天を愛しているのだとわかった。

「それじゃあ、神殿に行ってみましょう」

持国天をもとに戻してあげたい。

そうすれば、お腹の子も狙われることがなくなり安心して現世へ戻れる。

そこへ春馬が難色を示した。

「だが、持国天の神殿は野良あやかしの巣窟《そうくつ》だ。危険だぞ」

「ですから鳩槃茶が夜叉姫を守るのではありませんか。まさか、あなたは城で茶を飲んで待っているなどと言わないでしょうね」

「貴様も同行するんだろうな、乾闥婆。野良あやかしの掃討《そうとう》を手伝え」

「わたくしは、わたくしの邪魔をするあやかしのみを討伐します。夜叉姫は鳩槃茶が守ってください。当然でしょう」

「貴様……」

どうにも偏屈な乾闥婆である。持国天が『愛が歪んでいる』と称したのもわかる気がする。

けれど、やはりふたりの愛情は話し合いでしか確認できないだろう。そのためにも神殿までの道を切り開き、持国天の石化を解く必要がある。

私たちはさっそくシャガラに騎乗して、鳩槃茶の居城を出た。乾闥婆も自分の馬に乗って、あとをついてくる。

「凜、体調は大丈夫か？　決して無理はするな」

「大丈夫よ。春馬がそばにいてくれるもの」

気遣ってくれる春馬に笑みを返す。

やがて城下町を抜け、鳩槃荼の領地を出た。持国天の神殿は乾闥婆の領地の端にあるという。とこしえの桜の果てだなんて、あれもまったくの嘘だった。どうりで神殿までの闇の路が、やたらと長かったわけだ。

乾闥婆の領地には初めて足を踏み入れたが、廃墟が目についた。行き交う人々の目も、どこか虚ろだ。

領主が何百年もの間、姿を見せなかったのだから、領内は荒れ果ててしまったのかもしれない。

ややあって、先日訪れた深い森の入り口に到達する。

鬱蒼とした森は樹木が重なり、不気味に枝をくねらせていた。

「この前に訪れたときより枝が重なっているな。これでは馬で乗り入れられない」

枝が密集して、人さえも通れないほどだ。ここで下馬して枝を切り開きながら、神殿まで行くしかない。

シャガラから下馬した春馬は、慎重に私を下ろした。

「凜は常に俺の後ろにいるように」

「わかったわ」

頷くと、春馬は神気を漲らせた。

本来の鬼神の姿に変化して、この難局を乗り切るのだ。

剛健な肉体が顕現して、亜麻色の髪には鬼の角が生える。より眦をきつくした顔立ちには、口元に牙を覗かせた。

変化した春馬を見て、乾闥婆もさらりと髪をかき上げる。

「この妖気では、変化しないと厳しそうですね。では、わたくしも……」

乾闥婆からも、圧倒的な神気が発せられた。

昏い神気は春馬と同じように、強靱な肉体と漆黒の角、そして黒い牙という、鬼神の真の姿を現す。

鬼神の姿に変化したふたりは、密集した枝を剛腕で薙ぎ払う。そうすると、彼らを恐れた樹木のあやかしは枝を引いたので、歩いていける道が出現した。

「よかった。この道を行けそうね」

「気をつけろ。油断するんじゃないぞ」

先頭を春馬が行き、その後ろを私が歩く。

乾闥婆は私から少し離れて後ろを守ってくれている……というより、なにかあったら自分だけ逃げ出すのでは?と疑うような距離感だ。

鬼神ふたりの神気に圧倒されたのか、樹木のあやかしは手をこまねいている。襲いたいが手出しができず、枝葉を揺らしているだけだ。

この調子なら、無事に神殿まで辿り着けるだろう。

そう思ったとき。

「キイイィ！」

甲高い鳴き声とともに、カラスのような漆黒の妖鳥が飛来してきた。

それも一羽ではない。仲間を呼んだのか、ものすごい数の妖鳥が襲ってくる。

「きゃあっ」

「凛！」

いつの間にか空は漆黒に埋め尽くされている。妖鳥は数百羽はいるのではないだろうか。それらが鋭いかぎ爪で引っかき、羽をばたつかせて視界を奪う。

春馬は私を腕で囲い、守るのに精一杯で、妖鳥を退治するまで手が回らない。

すると、劣勢に陥った私たちを好機と見たのか、それまでおとなしくしていた樹木たちが枝を伸ばして襲いかかってきた。

「ぐっ……」

春馬の体が次々に傷つけられる。

どうすればいいの……!?

「乾闥婆、お願い、助けて！」

私は乾闥婆に助けを求めた。

彼に目を向けると、なんと背を見せて逃げ出そうとしている。

「これは、わたくしの手には負えませんね。あなたがたもどうにか脱出してください」

なんということだ。見捨てられてしまった。

彼の恋人を取り戻すためなのに、こんなにあっさり見限られるなんて。

私は追いかけようと手を伸ばすが、春馬にきつく抱きしめられて身動きが取れない。

「捨て置け、凜……！　俺がなんとかする」

「でも……！」

キィキィと妖鳥の叫び声が木霊《こだま》する。私たちを搦め捕った枝が、ぎりっと力を込めて締め上げてきた。

その刹那、一閃が走る。

飛んでいた鳥たちが次々に地に落ちてきた。樹木は剛腕により、打ち倒された。

驚いたあやかしたちは、攻撃の手を止めた。

「どこへ行く、乾闥婆」

聞き覚えのある冷徹な声が響き、私は息を呑む。

「お、お父さん!?」

夜叉である父は乾闥婆の前に立ち塞がった。

しかも父は現世での格好ではなく、鬼の角と牙を生やして、すでに鬼神本来の姿に変化していた。

「僕も来たよ、凜ちゃん。危ないところだったね」

「羅刹！」

羅刹も鬼神の姿になっていて、強靱な腕で襲い来る枝を払いのけた。

「オレもいるぜ！　変化するのは久しぶりだから、わくわくするなぁ」

那伽も来てくれた。勇猛な鬼神の姿を見せた那伽は手をかざす。

すると大量の水が放出されて、妖鳥の羽を強《した》かに打ちつけて濡らす。あれほどいた妖鳥たちは、一羽残らず慌てて逃げ出した。

最後にみんなの後ろからやってきた兄が、私に巻きついていた枯れ木を引き剥がした。

「凜、無事でよかった。〝とこしえの桜〟に行ったら、凜がいなくて捜し回ったよ。でも落ちてきた桜が、これまでのことも全部を教えてくれたんだ。だからみんなを呼んで駆けつけられた」

「えっ。〝とこしえの桜〟が……？」

兄の肩にとまっているコマは、くちばしに一片の桜の花びらをくわえていた。

その花びらが、ぽう……と柔らかく光っている。すると、私の髪に巻きついていた花びらも同じように淡い光を放った。

春馬に危機を知らせたときといい、やはり桜は私を守ってくれているのだ。

みんなが駆けつけてくれたことに、ほっと安堵の息がこぼれる。

「みんな、来てくれてありがとう」

「事情は聞いている。娘の危機に駆けつけるのは親の務めだ」

父は薄く微笑んで頷いた。

鬼神たちの登場に、足を止めた乾闥婆はしらっと言った。

「おや、みなさん。わたくしが助けを呼ぶまでもありませんでしたね。これだけ鬼神化した八部鬼衆がそろえば、神殿まで行くのは容易《たやす》いでしょう。わたくしがご案内しましょう」

「ぜひ、案内してもらおうか。これだけ八部鬼衆がいれば、乾闥婆、おまえだけ逃げ出すわけにもいかないだろうからな」

厳しい父の言い分に、咳払いをこぼした乾闥婆は先頭に立った。

あやかしたちは完全に及び腰になり、道は開けている。

兄は春馬の腕の傷に触れて、〝治癒の手〟を使い回復させた。

「いらぬ」

「強情張るなよ。料金は取らないから」

春馬は嫌がって腕を振るが、兄はそのたびにあちらこちらに触れて回復させていた。

やがて春馬の傷がすべて癒える頃、持国天の神殿が見えてきた。

ようやく辿り着いたのだ。

神殿内に足を踏み入れると、占拠していたあやかしたちが、鬼神たちの神気に気圧《けお》されて、ざっと姿を消す。

廃墟と化した神殿の中央に、石像となった持国天が佇んでいた。

「やっぱり、彼女は悲しそうな顔をしているわ。喧嘩したことを、乾闥婆に謝りたいんじゃないかしら」

私だったら、愛する人と喧嘩したら、必ず後悔してしまう。謝りたい、もとの関係に戻りたいと望むだろう。

春馬と離れていたときは、それが彼を守るためと信じたけれど、やはり会いたいという想いは消えなかった。

私は石像に手を伸ばした。けれど、触れる直前で止める。

みんなは背後で事態を見守っている。

父が冷静な声で命じた。

「凜。能力を使うのだ。どういった結果になろうとも、責任は我ら全員で取る」

「……わかったわ」

ごくりと息を呑み、石像に触れようとする。

そのとき、鋭い声がかけられた。

「待ってください！　やはり、能力は、使わないでください」

制止した乾闥婆は弱気になって言った。

那伽は瞠目して彼を詰《なじ》る。

「今さらなに言ってんだよ！　誰のためにみんなでここまで来たと思ってんだ。てめえが持国天をよみがえらせたいって言うから、こうして手を貸してやってんじゃねえか！」

「わたくしは……怖いのです。変わるのが。変化が怖い。あれほど持国天と話したいと願っていたはずなのに、このまま石像の彼女を愛でていればよいのではと、わたくしの心の中が揺れているのです」

両手で頭を抱えた乾闥婆は苦悩している。

私の能力を使った結果がどうなるかというより、恋人と改めて対面するのを恐れている感じだ。

喧嘩したあと、恋人と向き合うのは怖い。けれど、やはりお互いの気持ちを尊重しつつ、自分の弱さと向き合わなければ、仲直りは叶わないのではないだろうか。

私は小刻みに震える乾闥婆に優しく声をかけた。

「恐れないで。そうして懊悩するくらい彼女を愛しているのなら、きっと彼女もわかってくれるはずよ。少なくとも、石像から戻してくれた乾闥婆を責めたりしないわ」

乾闥婆が私の能力に頼らなければ、持国天は永久に石像のままかもしれない。己のプライドを捨てても彼女と話したいという乾闥婆の願いが、届かないはずはないのだ。

頭にやっていた両手を、ゆっくりと乾闥婆は下ろした。そして静かに言った。

「……そうですね。やはりわたくしの本心は、持国天と話をしたい。どうか、お願いします」

謙虚になってくれた乾闥婆の願いを叶えたい。

石像に向き合った私は震える手を伸ばす。

体の中心から湧き上がる力を、てのひらに集中させる。

お願い……成功して……。

もし、失敗したら？　彼女の一部が石化したままだったら？　戻っても、話ができないような状態だったら？

そんなことを考えてはいけないのに、次々に悪いイメージが浮かんでしまう。

私のてのひらから発せられる光が弱い。

持国天の命である核は、まだ現れない。力が弱いからだろうか。

どうしよう。石化を解けない……？

そのとき、隣で見守っていた春馬が私の手に、大きなてのひらを重ねた。

「俺も手伝おう。凛、余計なことは考えるな。必ず、持国天はよみがえる」

「そうよね。春馬となら、私はどんな困難でも乗り越えられるわ……」

春馬がそばにいてくれる。

それだけで心強く、明るい気持ちになれる。

きっと、成功する。なぜなら、未来を信じているから。

弱かった光が次第に明るくなり、強い光を放つ。私と春馬のふたりで作り上げた再生の発光だ。

ぽう……と、石像の胸のあたりから核が浮かび上がった。持国天の命の核に、私たちのてのひらから光を注ぎ込む。

すると、ぴしりと、石に亀裂が入る音がした。

はっとしたが、春馬は叫んだ。

「凛！　そのまま力を注ぐのだ。力の波動は順調に持国天に流れている」

春馬の言う通りに、私は身の奥底から絞り出すようにして懸命に力を湧かせた。

ふたりのてのひらから発せられた光は、やがて神殿内を包む大きな輝きになる。

ぴしり、ぴしりと石像は亀裂を発し、表面が剥がれ落ちた。

やがて持国天の核は、ぶわりと暖かな風を巻き起こす。

「あっ……」

ふっと、核は持国天の体に吸い込まれて消えた。

私が目を瞬いたとき、眼前には藤色の着物をまとう麗《うるわ》しい乙女が佇んでいた。

彼女の頬は陶器のごとく、つるりとしていて、唇は紅を引いたように赤い。なんて美しい人だろう。

髪は銀髪で、瞳の色は乾闥婆と同じ紫色だけれど、初対面の私には彼女が以前のままなのかはわからない。

「成功……したの？」

乾闥婆に目を向けると、彼は感激に打ち震えていた。

「なんと……あのときのままのお姿です。よみがえってくれたのですね、持国天」

どうやら成功したようだ。

春馬が手伝ってくれたおかげだ。彼の温かな波動を感じたので、きっとその手助けがなかったら、持国天を元通りにすることは叶わなかったろう。

ほっとしていると、藤色の袖を翻した持国天は人形のような無表情で言葉を発した。

「乾闥婆よ」

「はっ、我が君」

呼ばれた乾闥婆は片膝をついた。なんだか恋人というより、主従関係が濃いようだが。

「これはなんとしたことじゃ。わたしをよみがえらせるのが、そなたではなく、鳩槃茶だとは」

「いえ、鳩槃茶も手を貸しましたが、夜叉姫の能力なのです」

つん、とすました持国天は、乾闥婆を見下ろした。

「つまりそなたは、わたしのためになにもしておらぬ。だからそなたの愛は歪んでいると言ったではないか」

「それは……どうか我が君、お静まりください。わたくしの愛は本物です」

さっそく勃発した痴話《ちわ》喧嘩に、みんなの間に気まずい空気が漂う。「やっぱりね」とつぶやいた羅刹は、そっと柱の陰に身を隠した。

びしりと、持国天は春馬を指差した。

「本物だと言うのなら、わたしの目の前で、鳩槃茶を倒して愛を証明してみせよ」

「承知いたしました。我が君」

私を含めて一同は唖然とした。

どうして春馬を倒すことが愛の証明になるのだろうか。なんだかよくわからない理屈だ。

私は懸命に持国天に説明した。

「待ってちょうだい。乾闥婆はなにもしていないわけじゃないわ。あなたをもとに戻すために様々に手を尽くしたのよ」

いろいろと汚い手口もあったが、それは伏せておこう。

ところが持国天は意に介さない。

懐から扇子《せんす》を取り出し、そよそよと扇《あお》いでいる。

「そのようなことはどうでもよい。そなたも、まったりと見ているがいい。鬼神たちが必死に闘うのは最高の催しじゃ」

なんという悪女。

私は頬を引きつらせた。

どうやら愛の証明という名の遊興《ゆうきょう》を楽しみたいらしい。

再生には成功したが、まさか持国天の性格がこんなにも悪いとは思わず、成功してよかったのか手放しで喜べない。乾闥婆が感激してくれたことが唯一の救いだろうか。

持国天に命じられた乾闥婆は春馬に向き直った。

「それでは我が君の命令ですので、鳩槃茶を叩きのめして差し上げましょう」

「望むところだ。貴様の性根を叩き直すための、よい機会だ」

春馬は受けて立つ気だ。

ふたりの鬼神は裂帛《れっぱく》の気合いを発した。焔《ほむら》が立ち上るほどの激しい神気が充満する。

「ちょっと、お父さん！　ふたりを止めてよ」

「やらせておけ。これまでの因縁を解消するためにも、必要な闘いだ。俺たちもそうだったろう、羅刹」

話を振られた羅刹は肩を竦めてみせた。

「さあね。埃《ほこり》を被らないよう下がっていようよ、凛ちゃん」

誰も止める気はないらしい。那伽と兄は、すでに柱の陰に待避している。

どうやら鬼神として必要な闘いのようだ。

怒号が飛び交い、ふたりの鬼神は拳を交わす。

血飛沫《ちしぶき》が散り、粉じんが舞い上がった。

組み合ったふたりは床を転げ回る。石床が砕け散り、穴があいた。

壮絶な闘いは終わりが見えず、春馬が乾闥婆の頭を押さえてねじ伏せようとすると、乾闥婆は鋭い牙で噛みついた。

やがて、ふらつきながら立ち上がったふたりは、また拳で殴り合う。

持国天は闘う鬼神たちを、愉悦を湛《たた》えた笑みで眺めていた。

春馬の拳が乾闥婆の腹に入る。

腹を押さえた乾闥婆は、がくりと膝をついた。体力が限界のようだ。

「うう……」

呻《うめ》いた乾闥婆が地に伏す。

春馬の勝ちだ。

彼は荒い息を吐きながらも、倒れ伏した乾闥婆を見下ろしていた。

「勝負はついたな」

「……わたくしの、負けです。今日のところはね……」

負け惜しみを吐くところが乾闥婆らしいが、勝敗が決して私は胸を撫で下ろした。

春馬は傷だらけで痛々しい。あとで手当てしてあげないと。

ところがこの結果に、持国天は不機嫌そうに扇を振った。

「なんじゃ、不甲斐ない。鳩槃茶にすら勝てぬのか」

乾闥婆は地を這《は》いながら、持国天に近づいた。傷だらけの身で、彼女の足元に縋《すが》りつく。

「どうか……再び石化するのはお許しを……わたくしは大変な思いをして我が君をよみがえらせたのです。次の闘いは必ず勝ってみせますから……」

私はふたりが仲睦まじい恋人同士と思っていたのだけれど、どうやらそういう甘い関係ではないらしい。女王様と下僕とでも言おうか。石化したきっかけも、持国天の一方的なわがままによるものと想像できる。

「大変な思いをしてとか、よく言うぜ。乾闥婆はなんもしてなくね？」

と言った那伽の口を、兄が慌てて塞ぐ。

持国天は足に縋りついた乾闥婆を払うと、彼の肩に靴をのせた。

「そうじゃのう……ほかの鬼神でもよい。次は……」

持国天が神殿内を見回したとき、そこにはすでに父と羅刹はいなかった。那伽と兄が慌てて駆け出していく背中が見える。

遊興に付き合わされるのは、まっぴらとばかりに、みんなは帰っていったようだ。

「なんじゃ！　誰もいないではないか！」

「どうか、我が君、もう一度あなた様への愛を証明する機会をください」

このふたりはもとからこういった関係だったらしい……。

唖然とする私に、春馬はそっと促す。

「ここはふたりの世界に任せて、俺たちも帰るか」

「そうね。世の中にはいろんな恋人がいるのね……」

独特の痴話喧嘩を続けるふたりを残し、私はそっと春馬とともに神殿を出る。

森を抜けると、晴れやかな空が広がっていた。

先に行ったみんなが待っていて、手を振っている。

ひと息ついた春馬は、晴れやかな顔で言った。

「どんな歪《いびつ》な関係だろうと、ふたりが納得していれば、それでよいのではないかな」

「そうよね。私たちも政略結婚だったしね」

「政略結婚は歪ではなかろう」

「それって、揚げ足を取るって言わない？」

「言わぬ。そんなことを言うと、こうしてやる」

ふわりと体が浮いたかと思うと、横抱きにされる。

揚げ足どころか、体ごと取られてしまった。

「ちょっと、春馬ったら！　怪我してるのに」

「もう俺を守るために身を隠すなどと言わせぬからな。この通り、頑丈なのでね」

「わかってるってば……」

私は春馬の首に手を回した。

乾闥婆の願いを叶え、脅威は去った。すれ違っていたふたりの心も和解し、愛を確かめ合うことができた。

もう、彼と離れることはない。

そう心に刻みながら、私は愛する人と微笑みを交わした。

第四章　10か月　夜叉姫の出産

鳩槃茶の居城に戻ってきた私たちは、春馬の怪我の療養も兼ねて、落ち着いた日々を過ごした。

不思議なのは、髪についた桜の花びらがどうやっても取れないことだった。

何度も私を助けてくれた桜だけれど、いったい何者なのかはわからずじまいだ。

お腹の赤ちゃんは日々成長し、三十五週に入った。九か月なので、胎児の体がほぼ成熟する週数に達した。

「よくここまで育ってくれたなぁ……」

お腹を撫でながら、感慨とともにかすかな緊張も覚える。

出産するときはかなり痛いかな……？

帝王切開になったりして……それも術後は相当痛いのよね……？

すぐそこにある未来のことが心配で、不安は尽きない。

けれど、私のために何度も闘ってくれた春馬の傷の痛みに比べたら、なんてことないのではあるまいか。

彼は怪我の手当てを断り、痛みを受け入れるという発言をしていた。だから私も、子どものために出産の痛みに耐えなければならない。

生まれるまでは、もう少しかかるのだろうけれど、いつその日が訪れてもいいよう心構えをして、深呼吸を繰り返す。

そんなとき、着流しに身を包んだ春馬が部屋にやってきた。

「凜。考えたのだがな……」

「どうしたの？」

「現世で式場を見学した際に、意見の相違があっただろう。俺は盛大にしたいが、凜はこぢんまりしたいだとか」

「あ……そうだったわね」

ヤヌラに屋敷を襲われる前のことだ。あの意見の相違で春馬は機嫌が悪くなったのだと思ったけれど、それは私の勘違いだったと今なら理解できる。春馬はヤヌラの凶悪な妖気を感じて警戒したため、結婚式の話どころではなかったのだ。

「あのときは、春馬は私のことも式のこともどうでもよくなったなんて思って、勝手に拗《す》ねてたわ。でも本当は、屋敷を守ることでそれどころじゃなかったのよね」

「屋敷もそうなのだが、凜と子を守ることが、俺にはなによりも大切だ。心が穏やかなときも、闘っているときも、いつでもそう思っている」

「春馬……。でも、すべてが大事だとか、お父さんには言ってなかった？」

「夜叉に対しては、それなりの答えがある。父君としてもそうだが、同じ八部鬼衆でもあるのだからな」

春馬は、私と子どものことを、もっとも大切に思っていてくれたのだ。鬼神としての矜持もあるけれど、それは家族があってこそのもの。

春馬は言葉を継ぐ。

「そうした意見の相違をなくすためにも、結婚式はお互いの希望を叶えて、二度したらよいのではないかと俺は考えたのだ」

「え？　二回するの？」

「うむ。現世の式場はなにかと制約があり、あやかしを呼ぶのも困難そうなので、この居城で盛大に宴会を開けばよいのではないだろうか。我が居城ならば、あやかしも鬼神も、みなを呼んで大騒ぎしても遠慮はいらぬ」

「なるほどね。それを神世の結婚式にするのね」

「そうだ。そして現世では、凛の望み通りの式をする。それでどうだ？」

結婚式が二回できるなんて、とても贅沢だ。

宴会にすれば、しもべたちも参加しやすいだろう。

「素敵ね。それなら、ふたりの希望を両方とも叶えられるわ」

「では、さっそくしもべたちに知らせよう。各居城にいる鬼神たちにもだ」

こうして、居城での宴会という形で、私たちの婚姻をお披露目することになった。

私は侍女たちに、絢爛豪華《けんらんごうか》な着物をいくつも試着させられる。緋綸子《ひりんず》に鶴が舞っている色打掛、紅縮緬《べにちりめん》に桜流水が刺繍《ししゅう》された振袖など、いずれも結婚式でしか着ないような眩い衣装だ。

しかもドレスもある。現世のものとは少々異なるのだけれど、胸元からさらりと広がる薄紫色のドレスは華麗で、ゆったりとした袖のある羽織り物には金糸で流麗な模様が描かれている。まるで天女《てんにょ》みたいなデザインで洒落ている。

髪も衣装に合わせて結い上げたり垂らしたり。髪飾りも金の房や真珠の連なる櫛《くし》など、目が眩《くら》むほどに豪華だ。化粧も着物とドレスで変えるので、侍女たちは忙しく立ち回った。

盛大にという春馬の希望なので、私はされるがままになっている。

ようやく試着が終わり、宴会が行われる大広間を見に行くと、奇妙な飾り付けに目を瞬かせる。

四方の壁には百鬼夜行が描かれ、室内には等間隔に行灯《あんどん》が置かれている。それを縫うように座布団が整然と敷かれていた。

なんだか妖怪の集会が開かれるみたいだ。

私と春馬の席はひな壇のような壇上に設けられ、大広間を見下ろす形になっている。

ここにあやかしが集結したら、摩訶《まか》不思議な光景が見られるだろう……。

「円卓に座れないあやかしもいるからな。このような配置にしたのだ」

「なんというかセンスが独特よね……。二回することになって、よかったなと思ってるわ」

さすがは鬼神の結婚式である。現世で提案したら反対される形状なのは必至だ。

そうしているうちに城には大量の酒樽《さかだる》が運び込まれ、鯛《たい》や海老《えび》などの高級食材が台所に満載にされた。

いよいよ結婚式の当日になり、居城にはあやかしたちがぞろぞろと列を成してやってきた。

私と春馬はひな壇の最上段に鎮座して、大広間を見下ろしている。

大広間へ入ったあやかしたちはそれぞれ座布団に座ると、盃《さかずき》を手にした。

特に式の進行などはなく、あやかしたちは楽しげに酒を酌《く》み交わしている。

私たちは宴を眺めているだけだ。誰も挨拶のためになどと、ひな壇には上ってこない。そういうしきたりなのかもしれない。

私は隣に座る春馬に目をやった。

彼の装いは中世の貴族の礼装である束帯《そくたい》のような和風の衣装で、落ち着いた藍色がとてもよく似合っている。格好よくて、惚《ほ》れ直しそう……なんて。

私も和装で、真紅を基調とした百花繚乱《ひゃっかりょうらん》の色打掛に、髪型は文金高島田《ぶんきんたかしまだ》。それに花型の鼈甲《べっこう》のかんざしを挿していた。お腹が大きいので、帯はゆるめに巻いている。

こちらを向いた春馬と目が合い、彼は双眸を細めて微笑む。

「綺麗だ。俺の花嫁」

「春馬も……とても素敵よ。殿様みたいね」

「殿様なんだがな。はは」

機嫌よく笑った彼は、盃を傾けた。

私は飲酒できないので盃の中身は水だけれど、そっと口をつけた。

大広間では訪れたあやかしたちが祝杯を挙げている。鬼神たちの姿もあった。父と羅刹、それに那伽や兄も来てくれている。富單那の姿もあった。

盃を舐《な》めている富單那から、那伽が取り上げた。

「富單那、おまえ酒飲むなよ！　未成年だろ」

「なにを言ってるのだ。ボクは体は子どもでも、鬼神だから数千歳なのだ。那伽こそ永遠の十五歳って豪語してるのだ」

「オレは永遠の十五歳だけど、酒飲んでいいんだよ」

「ずるいのだ。本当は、おっさんなのだ」

じゃれ合う富單那と那伽の横で、兄が笑いながら判定を下した。

「ふたりとも、お酒禁止だね。ジュースにしなよ」

そのそばでは、ひときわ巨体の鬼神である薜茘多が豪快に盃を呷《あお》っていた。瞬く間に酒樽が空いていく。

「めでたい席だ！　なあ、夜叉！　夜叉姫に免じて、これまでのことは水に流してやろうではないか」

薛荔多に話しかけられた父は迷惑そうに眉をひそめる。

「なにが水に流すだ。貴様の場合は、酒に溺れている間だけ忘れるのだろう」

父がどこか寂しそうに見えるのは気のせいだろうか。

娘の結婚式では、父親は喜びよりも娘が離れていく寂しさを覚えるのかもしれない。

そんな父に、隣の羅刹が声をかける。

「夜叉は寂しいんだよ。あんなに小さかった凜ちゃんが、結婚して鳩槃荼のものになってしまうんだからね」

「羅刹は酒が足りないんじゃないか？　もっともらしいことを言わずに、もっと飲め」

「僕は酒豪だから、そうそう酔い潰れないよ」

それを聞いた薛荔多が、周囲のあやかしたちをかき分けて羅刹の前にやってきた。

「酒豪とは聞き捨てならぬ。俺ほどの酒豪はおらぬからな」

「おや、やるのかい？　薛荔多はもう顔が真っ赤だけど」

「やってやる！　勝負だ！」

羅刹と薛荔多の酒豪対決が始まった。次々と酒樽から盃に酒がなみなみと注がれ、ふたりはそれを水のごとく飲み干していく。

あやかしたちが囃《はや》し立て、大広間は大変な賑わいだ。

「楽しそうね。みんなが交流できるいい機会になったみたいだわ」

「普段は鬼神たちが集結することなどないからな。これほど集まったということは、それだけ俺たちの婚姻を祝福してくれるということだろう。大変ありがたいことだ」

酒豪対決が続いているが、私はお召し替えの時間になった。

席を辞して控え室へ戻ると、侍女たちの手により、次は天女のようなドレスに着替える。

ふわりとしたシフォンの生地は肌に心地よい。

髪形も変更するため、文金高島田のまげやびんを解き、夜会巻きにする。髪と耳にはきらきらした銀細工のアクセサリーをつけて、手にはうちわのような扇を持つ。

支度が整うと、再び広間へ向かった。

すでに衣装を替えた春馬は、幕の手前で待っていた。

彼は、白銀のズボンとブーツに、星をちりばめたような煌めく和装の上着を羽織っている。まるでお伽話《とぎばなし》に登場する彦星《ひこぼし》のようだ。

「今度の衣装は織り姫《おりひめ》のように美しいな。俺たちは悲恋ではないが」

「そうね。もう離れることはないわ」

春馬が差し出した手を取る。お酒を飲んでいるためか、彼の手はとても熱かった。

侍女が幕を開けると、そこには賑やかな宴会が繰り広げられている。

新たな招待客を目にして、私は喜びの声をあげた。

「持国天と乾闥婆だわ！　来てくれたのね」

石化が解けた持国天と乾闥婆のふたりは、数百年ぶりに大勢の人前に姿を現したはずだ。

だが、ふたりは周囲のあやかしたちの目を気にすることなく、平然としている。

しずしずとお姫様のように歩く持国天の手を、まるで従者のように腰を低くして持っている乾闥婆の構図は、どう見ても姫と従者である。

持国天がもとの姿に戻ったので、乾闥婆はこれまでの懊悩から解放されただろう。

つと、持国天は中央で酒豪対決をしている羅刹と薜茘多に紫色の目を向けた。

「乾闥婆よ。あれはなにをしているのじゃ？」

「はっ。どうやら鬼神同士でどちらが酒が強いか、勝負しているようですね。酔い潰れたほうが負けになります」

「ふむ。では勝ったほうと、そなたが勝負するのじゃ。今度は負けることは許さぬ」

「ええ？　わたくしは下戸なのですが……」

持国天の命令を避けるため、乾闥婆はあれこれと言葉を尽くし、酒や肴《さかな》を彼女に与えている。

ふたりが恋仲というのは乾闥婆の勘違いで、本当は片思いだったのでは？と首を捻らざるを得ないのだが、春馬の言う通り、本人たちが幸せならばそれでよいのだろう。

やがて幾度かのお召し替えをして、酒や肴をみんなが充分に堪能した頃、宴もたけなわになった。

だが、まだ酒豪対決は続いている。

あの闘いが終わらない限り、結婚式も閉められないだろう。

そのとき、遅い招待客が現れた。

ぴくりと反応した父は、眉をひそめる。

「御嶽……」

黒髪に角を生やし、漆黒の着物を翻したのは、先代の夜叉であり、私の祖父でもある御嶽だ。生粋《きっすい》の鬼神なので、祖父とはいえ若々しく四十代くらいにしか見えないが貫禄がある。

「そうにらむな、柊夜。わたしも招待されたから、祝いにやってきたのだ」

低い声音でそう制した祖父は、ひな壇の下に足を運んだ。彼はそこから私を眩しそうに見上げる。

「おめでとう、凜。もうすぐ子が生まれるな。幸せになるのだぞ」

「ありがとう、おじいちゃん」

「実はな、今日は来ていないのだが、おまえに会いたいという人物がいる」

「え……私に？」

ここにいない人物で私に会いたいと望む人なんて、心当たりがない。

私は首をかしげた。

「のちほど、わたしも同行して会いに行こう。誰かはすぐにわかる」

「わかったわ」

伝えたあと、祖父は端の席に腰を落ち着けて、静かに杯を重ねていた。

中央では、呻いた薜茘多がどさりと巨体を仰臥させる。どうやら酒豪対決は羅刹に軍配が上がったようだ。

飲み干した朱の盃を裏返して、羅刹は妖艶《ようえん》に微笑んだ。

「口ほどにもないね」

最強の酒豪を、あやかしたちは褒め称える。持国天に背中を押された乾闥婆は必死に踏ん張っていた。

ひな壇から見学していた春馬と私は、大いに笑った。

「今日の主役は羅刹のようだな。腰が立つのか疑問だが」

「乾闥婆は泣きそうになってるわね。みんなが楽しめてよかったわ」

あやかしや神世の鬼神たちが交流できた最高の結婚式だった。

最後にみんなは私たちに「おめでとうございます！」と祝福の言葉を合唱してくれた。

結婚式を終えると、待っていた祖父は私を城外へ連れていった。

あやかしたちもぞろぞろと帰っていく中、外套の裾を翻した春馬があとを追いかけてくる。

「待て、御嶽殿。俺も行く」

「危険なことはないがな。ついてきたければ勝手にせよ」

船着き場に停まっている舟に、私は春馬に手を取られて乗り込んだ。裾がふわりと広がるゆったりした着物なので、動いても楽だ。

祖父も乗り込んで、船頭が舟を出そうとしたとき、また呼び止める声がした。

「ピピッ」

コマが飛んできて、私の肩にとまる。コマはくちばしにくわえていた桜の花びらを、私の髪にくっつけた。これで花びらは二枚になる。

「これ……兄さんが持っていた〝とこしえの桜〟の花びらよね？」

「ピ。リン、ピュイ、ピピ」

コマはなにかを伝えたいようだが、私にはよくわからない。

私たちの危機を知らせてくれた桜だが、なぜか数日が経っても花びらは萎《しお》れない。

首を巡らせると、眠ってしまった富單那をおんぶした兄が、軽く手を振っていた。

花びらを〝とこしえの桜〟に返すのを任せるということらしい。

「わかったわ。花びらを預かるわね、コマ」

「ピ」

ひと声だけ鳴くと、肩から飛び立ったコマは兄のもとへ戻っていった。

舟はゆっくりと動き出す。

運河を渡り、いくつもの城下町や城を通り過ぎると、やがて壮麗な城が見えてきた。

神世の主である帝釈天の住まう、善見城だ。

そこで私は、はっと気づく。

「あっ……帝釈天なのね。私に会いたいと言っている人物というのは」

「そうだ。凛とふたりきりで、ゆるりと話がしたいそうだ」

結婚のお祝いを言いたいのなら、どうして私だけなのだろう。

首をかしげたが、春馬は得心した様子だった。

「なるほど。そういうことだったのか。桜の囁き声は確かにそうだった」

「どういうことなの？」

「帝釈天さまに会えばわかる。〝とこしえの桜〟の秘密を明かしてくれるだろう。シャガラが持ち帰った分の桜も、凜が返してやってくれ」

そう言った春馬は、袖から出した花びらを私に渡した。なぜか花びらは、すうっと髪に絡みつく。

舟は善見城の船着き場に辿り着いた。

衛士《えいし》の守護する荘厳な正門をくぐると、城内ではなく、離れにある寝殿造の屋敷へ通される。寝殿へ入ると、庭園を臨める釣殿《つりどの》に帝釈天は佇んでいた。

黄金の髪を床まで垂らし、四肢は枯れ木のように細い。純白の着物に包んだ華奢《きゃしゃ》な体は人間で言えば十歳ほどの男児だ。彼の翡翠色《ひすいいろ》の瞳は、美しい庭園の池に向けられている。

「来たか、夜叉姫」

「ええ、来たわ。帝釈天は結婚式に来てくれなかったわね。招待したでしょう？」

「我はあのような宴は好かぬ。だが婚姻を祝う意思はある。なにしろ、この政略結婚を発案したのは我と御嶽なのだからな」

帝釈天が祖父に同意の気持ちを込めた目を向ける。

祖父は真紅の双眸を細め、ゆっくりと頷いた。

かつてのふたりの間には様々な確執があったが、今はもう和解している。

「ありがとう。私、春馬と結婚できて幸せだわ」

「そうであろう。だが、〝とこしえの桜〟では随分と懊悩していたようだがな」

「えっ。どうして知ってるの？」

「それはな……」

帝釈天は私の手を取った。

その刹那、くらりとした目眩を覚えたと思ったら、ふと甘い花の香りが鼻を掠める。

瞬くと、目の前には満開に咲き誇る桜並木が広がっていた。

振り返ると小川の向こうに、こぢんまりとした家があり、私が何度も座って桜を眺めていた縁側がある。

間違いない。ここは、〝とこしえの桜〟の地だ。

「どうして一瞬で来てしまったの？　闇の路を使っていないのに……」

「なぜならば、ここは、我の腹の中だからだ」

呆《ほう》けた私は何度も瞬きをした。

帝釈天の言った台詞を頭の中で反芻《はんすう》する。

「え……ここ、帝釈天のお腹の中なの……？」

「さよう。神世であって神世ではない、とこしえの楽園。それは我の腹の中にある。というより、我そのものと言ってよい」

「ええ!?　ということは、私はしばらく帝釈天のお腹の中に住んでいたわけ!?」

「我の腹の中にいるそなたが、腹の中にいる子を育んでいたというわけだな。夜叉姫の子は、そうして守られた」

帝釈天は私の黒髪に触れると、細い指で、すうと梳《す》いた。髪に絡んでいた三つの桜の花びらが、帝釈天の指に吸いつく。

「これは返してもらうぞ」

三枚の花びらを指先に掲げた神世の主は、ふう……と息を吹きかける。すると、ひらりと花びらが舞い、それぞれが欠けている花弁に収まった。もとの場所に戻ったのだ。

私が乾闥婆に連れ去られたときも、この花びらは春馬に危機を伝えてくれた。みんなが駆けつけてくれたときも、コマは花びらをくわえていた。〝とこしえの桜〟へ私を捜しに来た兄に、ついてきたのだ。

「あなただったのね、帝釈天……。何度も私を救ってくれた桜の正体は、神世の主だった」

「そなたを安心させるためにシャガラを招き入れたときから、花びらを遣わせたのだ。乾闥婆についていくなという我の忠告をそなたは聞き流すので、鳩槃荼のほうに囁いてやつを救出に向かわせたり、そなたがいなくなって慌てている悠に事情を話して鬼神を集めさせたりと、我は仲違いしたそなたらのために忙殺された」

淡々と裏事情を語られて、恥ずかしくなった私は首を竦める。

泰然としている帝釈天が、神世のあちらこちらを眺めて忙しく花びらを通して囁いているなんて想像もできないけれど、私のために心を砕いてくれたのだ。

「そうだったのね……。私はシャガラの姿を見て、春馬が心配していることが伝わったわ。全部、帝釈天の心遣いだったのね」

澄んだ翡翠色の瞳で、帝釈天は満開の桜を見上げていた。爽やかな風が吹いて、彼の黄金の髪をたなびかせる。

「我は神世の主として、神世で起こるすべてのことを把握しておかねばならぬ。我が腹で育んだ夜叉姫の子を失うことは、見過ごせぬ」

「ありがとう。帝釈天のおかげで、私もお腹の子も助かったわ」

「礼はよい。もうこの地へは来るな。近頃は出入りが激しく、そなたは延々と懊悩して文句を言うわで、我の腹はちっとも落ち着かぬ」

「ちょっと！　私が言ったこと、全部聞こえてたわけ!?」

「当然だ。我の腹の中なのだぞ。乾闥婆が話したこともすべて聞こえている。だが、〝とこしえの桜〟の秘密を打ち明けたのは、そなただけだ。ほかの者は、単なる神世の果てだと思っている。この秘密、明かすでないぞ」

鬼神たちも〝とこしえの桜〟が帝釈天の管轄《かんかつ》する大切な土地だとはわかっているわけだけれど、まさか彼の腹の中で、しゃべったこともすべて聞かれているとは想像もつかないだろう。

「わかったわ。ふたりだけの秘密ね」

不思議な土地の秘密を知った私は、帝釈天と約束をした。

けれど、もうひとつ疑問に思っていることがある。

「この桜は、どうして散らないの？　私は満開の桜を見続けて気づいたけど、桜は散るからこそ美しいと感じたわ」

この土地も桜も、帝釈天のお腹の中とはいっても、幻想ではない。それに夜もないのだから、時間の経過の概念がないのだ。

帝釈天は桜並木の広がる道を、ゆっくりと歩いた。私も少し後ろから、桜を眺めながらついていく。

「乾闥婆は生贄花嫁の生気を吸って桜が咲き続ける、などと言っていたな。あれは、真実に近くもある」

「えっ、作り話じゃないの？」

「とこしえの桜が満開なのは、我の人生を吸い上げているからなのだ」

唖然とした私は、足を止めた。

帝釈天の人生――。

神世の主として遥か古代から君臨する、この華奢な少年に、人間と同じように人生があったなんて、私は想像すらしなかった。彼こそ永久不滅の存在の証のように思っていたから。

帝釈天は話を継ぐ。

「我は大人の姿にならぬ。ゆえに桜も散らぬ。それこそ、とこしえたる存在を示すためなのだ」

鬼神は剛健な姿に変化する。生まれた子は成長して大人になる。咲いた桜も、やがて散る。

けれど帝釈天だけは変わらない。

そういえば私が彼に初めて出会った幼いときから、彼は髪の長ささえ、まったく変わらないのだった。

「それも、神世の主の威厳を示すため？　変わらないのも、なんだか残酷ね」

「残酷なものがあってよい。清涼なものばかりでは、つまらぬだろう」

そのとき私の目には、残像が浮かんだ。

はらはらと散る桜の中にいる、背の高い金髪の青年の後ろ姿だ。

これは未来……？　それとも私の希望かしら……。

風で乱れた黒髪を手ぐしで整えた私は、帝釈天の華奢な背に笑いかけた。

「桜が散ったら美しいし、青年になった帝釈天はきっと格好いいと思うわ」

「……ふん。世辞はいらぬ」

「本音よ」

やがて並木道を一周し、もとの広場に戻ってきた。寂しい気もするが、もうこの家で暮らすことはないだろう。

振り向いた帝釈天は私に手を差し伸べる。帰る合図だ。

「夜叉姫よ。無事に子を産め」

「──はい。だって、帝釈天のお腹の中で育てた子だものね」

「そういうことになる。それは我らだけの秘密だ」

ふっと、柔らかな笑みを帝釈天は浮かべた。

満開の桜の中で微笑む彼の表情は、残酷なほどに美しかった。


善見城をあとにした私と春馬、祖父の三人は鳩槃茶の居城へ戻ってきた。

もうみんなの姿はなく、侍女が後片付けをしていた。

祭りのあとは、どこか物悲しさが漂う。

祖父は門内に待機させていた牛車の車副《くるまぞい》を手招く。

「では、わたしも屋敷に帰るとしよう。凜よ、息災でな」

「ありがとう、おじいちゃん。頑張って出産するわね」

「うむ。ひ孫の顔を見るのを楽しみにしている」

牛車に乗り込んだ祖父に手を振って見送る。

ひと息ついた春馬は、私の手を握った。

冷たい、鬼神の手だ。

けれど切迫早産しかけたときに握ってくれた春馬のてのひらは、温かかった。

「どうしてかな……。赤ちゃんが危なかったときに握った春馬の手は、温かいと感じたの。普段は冷たいのにね」

「それは凜と子を救うために駆け回ったので血流が……いや、そうではないな。凜が、温めてほしいと望んだから応えたのだ」

「そうかもね」

手をつないだ私たちは大広間へ戻る。そこには仰臥して高いびきをかいている薜茘多と、突っ伏して眠っている羅刹がいた。

「やれやれ。これでは引き分けだな」

春馬が肩を揺さぶっても、ふたりは起きる気配がない。どうやら目が覚めるまで、ここに寝かせておくしかないようだ。

「盛り上がった結婚式だったわね。みんなが楽しんでくれてよかったわ」

「ああ。花嫁のお披露目にしては、みなは酒しか見ていなかったが。俺は数々の美しい衣装に身を包んだ凜を存分に堪能した。どれも似合っていたぞ」

「春馬も素敵だったわ。盛大な祝宴も、いいものね」

盛大な結婚式をしたいという春馬の希望を叶えられたことが嬉しかった。

私も素敵な衣装をたくさん着られたし、あやかしたちや鬼神のみんなに会えてよかった。

「次は凜の希望通りの結婚式を叶えなくてはな。現世の屋敷へ戻るか」

「そうね。しばらく留守にしていたから、屋敷のことも気になるわ」

酔い潰れた鬼神ふたりが帰ると、神世での結婚式は終わりを告げた。

私たちは数日城に滞在して、結婚式という人生の大きな出来事を終えた感慨を味わった。


やがて現世の屋敷に戻る日が訪れた。

白馬のシャガラは「ブルル……」と鳴いて、私に鼻先を擦りつける。

「シャガラの活躍があったから、助かったわ。本当にありがとう」

「ヒン」

「しばらくお別れだけど、また来るからね。元気でいて」

澄み切った瞳をしたシャガラは黙っていたけれど、私が首を撫でると、気持ちよさそうにじっとしていた。

「では、行くか」

春馬が闇の路を切り開く。

神世ともしばらくお別れだ。

そして、〝とこしえの桜〟とも……。

帝釈天は『この地へは来るな』と言っていた。私は通行証を預かっていない。行きたくても、もう訪れることはできないだろう。

「なにしろ、お腹の中だものね……。私が歩き回るたびに胎動を感じるのと同じようなものだわ」

「なにか言ったか、凜」

「ううん、なにも」

帝釈天が来るなと言ったのは、『夫婦ふたりでいろ』と諭したかったからなのではないだろうか。

私は美しい桜並木を心に留め、神世をあとにした。

闇の路を出ると、屋敷の庭園に到着する。

破壊された縁側は綺麗に修復されて、庭園の草木も季節が経過したため、すっかり様変わりしていた。

「わあ……桜を植えたのね」

荒らされたあとの庭園に、新たに桜の木を植えたようだ。

だが見頃はすでに過ぎていたので、葉桜になっている。その隣には、これから純白の花を咲かせようと垂れている山藤があった。

満開の桜は美しいけれど、やはりこうして季節が変わるのを楽しむのもよいものだなと、私は微笑んだ。

私たちはともに真新しい縁側に腰を下ろし、庭園を眺める。

数か月前もこうして過ごしていたことを思い出す。あの頃より、お腹はかなり大きくなった。そして、ふたりの絆もより固いものに変わった気がする。

私の肩を抱いた春馬は、桜の木を眺めながら言った。

「もう桜に凛をさらわれないために、ここに植えさせたのだ。護り桜という意味でな」

「大丈夫よ。私はもうどこにも行かないわ。春馬のそばにいる……」

「その言葉を聞いて、安心した」

私たちはどちらからともなく目を合わせ、柔らかなくちづけを交わした。

はらりと、一片の桜が舞い落ちる。

穏やかな時間の中で、春馬の愛情がじんわりと胸に染みた。

「愛している。俺のそばにいてくれ。俺は凜が赤子のときに会い、それから花嫁として迎えに行くまで二十年間を堪え忍んだ。その何倍も一緒にいて、こうして話し、くちづけを交わさなければ、俺の愛は満たされぬのだ」

彼の激しい情愛を聞いて、私が知らなかった時間の彼の苦悩を思い知らされる。

春馬はそんなにも、私を花嫁に迎えることを待ち望んでいたのだ。

いつも冷然としていて平気な顔をしているから、彼の中にこんな激情が隠れていたなんて、知らずにいた。

私は春馬の手を取り、両手で包み込んだ。大きなてのひらは私の手ではすべてを包むほどには足りないのだけれど、体温を共有すると安心できる。

「私の、これからの人生を、春馬とともに過ごすことに捧げると約束するわ」

人生を捧げるとは、残酷で、そしてとてつもなく美しいものかもしれない。

己の人生を〝とこしえの桜〟に捧げている帝釈天のように。

でも私たちの愛は変わらなくても、家族の形は変化する。

春馬は安心したように、私に頰を寄せた。亜麻色の髪が私の頰を優しく、くすぐる。

私は握った春馬の手を、大きなお腹に触れさせた。

「この子もいるし、家族は三人になるわ。さらに子どもが増えても、その子たちはいずれみんな大人になって、自立していくのよ。そうして最後には私と春馬の夫婦ふたりになる。そのときになっても、やっぱり春馬は『愛が満たされない』だとか言ってそうだけどね。そのたびにキスをしましょう」

それが、変わらない夫婦の絆というものではないだろうか。

また、はらりと舞い落ちた桜の花びらを眺めながら、私は春馬との一生を思い描いた。

「……そうだな。俺は変わらないかもしれない。何十年経とうが、やはり愛情を渇望《かつぼう》しているかもしれない。だがこうして凜がそばにいて、手を握り、接吻を交わすと、心の奥底にある焔が落ち着くのだ」

「春馬もお腹の中になにかを飼っていたり、不思議な世界が広がっていたりするのね」

「誰でもそうだろう。愛する者を守るためには、自らが強くあらねばならぬ」

そう言った春馬は、ぎゅっと握った手にもう片方のてのひらを重ねた。

これが、彼の奥底にある焔を鎮めるための手段なのだ。

「……春馬、赤ちゃんの名前なんだけど〝さくら〟はどうかしら。もともと、春に関連した名前にしたかったの。この子は〝とこしえの桜〟に守ってもらえたし、新たな護り桜もあるしね」

「よい名だ。さくらか……。きっと、桜に守られた幸せな人生を歩んでくれることだろう」

生まれてくる赤ちゃんの名前は、さくらに決まった。

桜の一片がまたひとつ、はらりと舞い落ちる。

私たちは互いの手を重ね、静かにつながり合っていた。


久しぶりに現世に来たので、病院で妊婦健診を受けた私は慌てた。

私はすでに妊娠三十九週に入っていた。十か月なので、いつ生まれてもおかしくない状態である。赤ちゃんはとても元気で、盛んに体を動かしていた。

現世で結婚式を行うのは、当初の予定通り、出産を終えて落ち着いてからということになる。

送迎の車で屋敷へ戻ってくると、鹿乃さんが出迎えてくれた。

「奥さま、お帰りなさいませ」

「鹿乃さん！　怪我はもういいの？」

「はい。すっかり治りました。旦那さまのお許しを得て、また奥さまの側付きをさせていただくことになりました」

「よかった。鹿乃さんがいてくれれば安心だわ」

一礼した鹿乃さんは、大きく前へ張り出した私のお腹に目をやる。

「もうすぐお生まれになりますものね。奥さまもお子様も、精一杯、お世話をさせていただきます」

「ありがとう。でも、いつ生まれるのかわからないのが困るわよね。出産予定日はもうすぐなんだけど……」

散歩でもしてきたほうがいいだろうか。

けれど外で陣痛が来てしまったら、それこそ困る。

そわそわした私は結局ソファに腰を下ろして、ハーブティーを嗜《たしな》んだ。

「あと何日くらいで会えるのかな……元気に生まれてきてね」

早く会いたいな。顔が見たい。春馬にそっくりなのかな……？

そうして気を揉むこと数日――。

今か今かと待っているからなのか、一向に陣痛が起きる気配はない。おしるしもない。

出産が近づくと少し子宮口が開いたり、子宮が収縮したりすることによって卵膜が剥がれ少量の出血が起こることを〝おしるし〟と呼ぶ。それを出産の兆候とするのだけれど、誰にでも必ずおしるしがあるわけではないらしい。

おしるしがないから、妊婦として失格なのかな……この子は生まれてくれないのかな……なんて不安に囚われてしまい、落ち込んでしまう。

こんな気持ちではいけないと思い、私は実家の母のところに相談に訪れた。

「ねえ、お母さん。いつ生まれるかな？　おしるしもないのよ」

「あらあら。もうそうなると、そわそわしてどうしようもなくなるのよね。少し落ち着きなさい」

母は嬉しそうにお茶の用意を始めた。父と兄は出かけているらしく、家には母とヤシャネコしかいない。

リンと鈴の音を鳴らしてソファに上がったヤシャネコは、お腹に顔を近づけた。

「赤ちゃんはもうすぐ生まれるにゃんね～」

「そうなの。でも陣痛がいつ来るのかわからないから、ずっとどきどきしてるのよ」

すりすりとヤシャネコは、大きく前へ張り出したお腹に頬ずりする。

「フニャ～。赤ちゃん、いつ会えるのか教えてにゃん……ニャ！　明日、生まれるにゃん！」

「そう……なの？　ありがとう、ヤシャネコ……」

ニャゴニャゴと喉を転がしているヤシャネコの予想はまるで駆け出しの占い師のようである。

拍子抜けした私に、氷の入った冷たいルイボスティーを出した母は、小さく嘆息した。

「凜はいつ陣痛が来るかで頭がいっぱいになってると思うけど、神世でなにがあったのか私にも説明してほしいな。なにしろ悠は冒険譚《ぼうけんたん》を披露するばかりだし、柊夜さんは『すべて解決した』としか言わないし。居城で盛大に結婚式をしたんでしょう？」

言われてみれば、人間の母は神世を訪れていないので、詳しいことを知らないままだ。

「あ……そうね。初めに桜の散らない桃源郷みたいなところに住んでいたんだけど、そこに鬼神の乾闥婆が現れて――」

子細を話そうとすると、母はゆっくりと首を横に振った。

「私が知りたいのはそういうことじゃないの。神世で結婚式をして、凜が屋敷に戻ったということは、春馬さんとは仲直りできたの？」

はっとした私は、それが母に伝えるべきもっとも大切なことだと気づいた。

助けに来てくれた春馬と、夫婦としての愛情を改めて確認して、ともに暮らすことを誓ったのだった。それが当たり前のように胸にすとんと落ちていたので、母に報告するのを忘れていた。

照れながらも、私はしっかりと言葉を紡ぐ。

「仲直りできたわ……。彼は私が危険な目に遭ったら駆けつけてくれて、切迫早産しそうなときもずっとそばにいてくれたの。一緒にいたいと、お互いの気持ちを再確認できたし、お腹の子が女の子なのも春馬は認めてくれたわ」

「そう……。よかったね、凜」

目を細めた母は、言葉を継いだ。

「今のあなたはとても幸せそうに微笑んでいる。その笑顔を見ることができて、私も幸せよ」

「お母さん……ありがとう」

そばにいるヤシャネコの背中を撫でながら、私は胸をいっぱいにして母への感謝の言葉を口にした。

思い返すと、私が素直に〝ありがとう〟と言えるのも、心のまっすぐな母が育ててくれたおかげだ。私は、ほろりと口に出した。

「お母さん。私を産んでくれて、ありがとう」

その言葉に瞠目した母は、大きく見開いた目から大粒の涙を流した。

泣かせるつもりじゃなかったのに。

「ご、ごめん。私が幸せなのも、全部お母さんのおかげだなと思って……」

「あかりん、泣いちゃったにゃ〜ん。おいらがそばにいるにゃんよ」

ヤシャネコは鈴の音を鳴らしながら、母のそばに身を寄せる。

鈴を指先で撫でながら、ハンカチで目元を拭った母は、満面の笑みになった。

「ありがとう、凜。そう言ってもらえて、あなたを産んだときのことを思い出したの。大変だったけど、嬉しかった。生まれてから成長するまで、ずっとね」

「そうなのね……」

やはり出産したことは、子どもがいくつになっても忘れられない濃密な思い出なのだ。私も、これからその思い出作りをしていくことになると思うと感慨深かった。

「春馬さんと仲良く暮らしてね。それから、また喧嘩したらいつでもうちに来なさい。お母さんはいつでも凜の味方だから」

「うん……もう大丈夫」

「赤ちゃんも元気に生まれてくれるから、心配しないで大丈夫よ。今日でも明日でもいいじゃない。一生のうちに数回しか経験しないことなんだから、貴重な出産体験を楽しむ気持ちでね」

「そうよね。わかったわ」

母と穏やかに話せてよかった。

母の涙が乾く頃、ちょうど父が買い物袋を携えて帰宅する。めざとく母の涙の痕を発見した父は、なにがあったのか詳細を求めてきたので、私と母は微苦笑《びくしょう》を交わし、「秘密」と答えたのだった。

屋敷に戻り、私はまたそわそわして待つことになった。

母と話して一旦は気持ちが落ち着いたものの、やはりいつ陣痛が訪れるのか気になってしまい、屋敷内をうろうろする。

ヤシャネコの占いでは、明日なんて言ってたけど……。

見かねた春馬が呆れて声をかける。

「凜、そう焦るな。子にも準備というものがあるだろう」

「そうだけど、もう出産予定日を過ぎているのよ。どうして陣痛が来ないのかな……」

予定日を大幅に過ぎても陣痛が来ないときは、入院して陣痛促進剤を使用すると医師から説明があった。

できれば何事もなく陣痛が来て、自然分娩になってほしい。それは妊娠したすべての女性が願うことだろう。

「ううん、その前に、子どもになにもあってほしくないの。ただ元気に生まれてほしい」

私は苦しんでも、帝王切開になってもかまわない。ただ、子どもには無事に生まれてきてほしい。それだけが望みだ。

室内を往復しながらつぶやいている私に、ソファに座っている春馬が隣を、ぽんと叩く。

「凛、座れ」

「……ん」

溜め息をついた私は、ひとまず春馬の隣に腰を下ろした。

この焦燥は陣痛が訪れない限り、収まらないだろう。

大きなお腹を撫でて、子どもに話しかける。

「さくら……どうしたのかな。ママは早く会いたいよ」

「子どもばかりかまって、俺が放置される未来が見えるな……」

春馬は額に手を当てて嘆いた。

そんなかわいい嫉妬をする彼の肩に、とんと頭を預ける。

「そうかもね。でも小さいうちだけよ。だって、春馬も子育てを手伝ってくれるでしょう？」

「無論だ。おむつ交換は練習済みだぞ。寝かしつけも任せてもらおう」

近頃の彼は赤ちゃん用のおむつや哺乳瓶など、増えていく数々の品を物珍しげに眺めては、どう使うのかと試行錯誤しているようだ。

春馬も赤ちゃんが来てくれるのを、楽しみにしている。

それなのに……と、訪れない陣痛について堂々巡りに悩みそうになったとき。

剛健な肩に預けた私の頭を、春馬が優しく撫でた。

「凜、今夜は、俺がおまえを寝かしつけよう」

「え？　寝かしつけの練習ということ？」

「そういうことだが、ここ数日の凜は寝つきが悪い。いつ陣痛が来るかと心配ばかりしているだろう」

「だって、陣痛が来たらすぐに病院へ行かないといけないし、夜も安心して寝ていられないのよね」

「寝不足はよくない。今夜は俺に任せて、ゆるりと眠るのだ。俺の寝かしつけを甘く見るなよ」

春馬は自信たっぷりだ。

私たちは結婚してから、ずっと同じ寝台で一緒に寝ている。

いつもは眠る前に少し話をしてから、『おやすみ』と言って眠りにつく。

夜中にふと目が覚めたことがあるけれど、春馬は仰臥していて寝相はふつうだ。

寝かしつけが得意そうには思えない。

でも本人があまりに自信満々なので、実力を拝見しよう。

「……そう。じゃあ、寝かしつけお願いします」

「うむ。安心して身を任せるがよい」

なんだか初夜みたい。

そう思った私の頬が熱くなった。

太陽が沈み、いつもの穏やかな夜がやってくる。

少し小雨が降っていた。庭園を見やると、葉桜がしっとりと雨に濡れている。

夕食を終えて入浴も済ませると、いよいよ寝かしつけの時間になった。

背中をぽんぽんするとか、そういうことかな……？

赤ちゃんのための練習なのだから、その程度かもしれない。

妊婦用のネグリジェを着た私が寝台に入ろうとすると、扉を開けて春馬がやってきた。

白練《しろねり》に藍の波紋が入った小粋な浴衣を着用している。精悍な顔つきは、ほれぼれするほど男前だ。

「待たせたな」

まるでデートの待ち合わせのように言われて、噴き出しそうになった。

夫婦で就寝するだけなのに、春馬は寝かしつけに気合いを入れているようだ。

私も、どんなふうなのかなと、楽しみではあるけれど。

「それじゃあ、寝かしつけ、する？」

「うむ」

頷いた春馬は布団をめくり、私を促した。

「凜は、あちらを向いてくれ。横向きの姿勢になるのだ」

「もう横向きでしか寝てないけどね。お腹が大きくなると、仰向けになれないのよ」

「知っている。背を向けられると寂しいが、こちらを向かれても愛らしい寝顔を見つめてしまって俺が眠れない」

「春馬が寝不足になってるじゃない。どうすればいいのよ」

「俺も今夜は熟睡する。そのための体勢を編み出したのだ」

言われた通り、布団に入った私は春馬に背を向けて横臥する。すると、その後ろにぴたりと春馬がくっついた感触がした。

彼の胸板が背中に触れて、長い足をそっと絡ませてくる。それから腕を伸ばして、私の頭の下に入れた。これは腕枕だ。

「えっ……どうしてこんなにくっつくの？」

「これが俺の寝かしつけだ。緊張せずともよい。体の力を抜け」

こんなに密着していては、私がどれくらい体の力を入れているのか、彼には丸わかりだ。

深呼吸して体の力を抜くと、より彼の強靱な体に包まれていることを肌で感じる。

腕枕をしていないほうの片手を、春馬は私のお腹にそっと回してきた。

その手を探り当て、私は自らのてのひらを添えた。

「重くはないか？」

「うん、平気よ」

骨張っていて、雄々しい長い指は、私の大好きな春馬の手だ。

指を絡ませ、ふたりでお腹に触れる。

全身が春馬に包まれているのだと思うと、至上の安堵を得られた。

小雨はまだ降っている。

屋根を打ちつける穏やかな雨音が、優しく耳を撫でた。

「私……雨の音が好き」

「俺もだ。落ち着くからな」

春馬と情緒を共有できて嬉しい。

彼の温かさと雨音に包まれた私は、瞼が重くなってきた。

「凜が大人になってから俺たちが初めて会ったときのことを覚えているか？」

「ん……春馬が大学に来たとき？　あなたがモデルみたいに格好いいから、女子たちが騒いでいたわ」

「俺は凜しか目に入らなかった。あれが俺の花嫁。なんと美しい真紅の瞳に、漆黒の髪。二十年前に初めて見たときとまったく変わらぬ愛らしさだと感激していた」

私は肩を揺らして笑った。赤子だったときと今とで、変わっていないと言う春馬がおかしかった。

「赤ちゃんのときからは変わってると思うけど……あのときの春馬は平然としていたのに、心の中はそんなに衝撃的だったの？」

「うむ。顔には出ないが、相当な衝撃を受けた」

「そうなのね……」

出会ったとき、そんなに感激したなんて初めて聞いた。そういえば彼は、赤子の私と会ってから花嫁に迎えるまで、二十年を堪え忍んだと語っていた。

雨音に交じり、ぽつりぽつりと春馬は話を続ける。

「あれは嬉しかったな。凜が俺のために煮物を作ってくれたときだ」

「えー……味が薄いって怒鳴ったじゃないの」

「味は薄かったな。だが怒ったのはいつもの調理人が作ったのだと思ったからだ。凜が俺のためを思って作ったその心遣いが身に染みたのだ」

「味は薄いけど、身に染みたから、よしとするってこと……？」

「うまいことを言うじゃないか」

「はあ……」

話しているうちに、とろとろと眠気が襲ってきた。

春馬の低い声が、雨音に交じって耳をくすぐり、心地よい眠りに誘う。

けれど彼の思い出話はまだ続くらしい。

「凛と初めて結ばれたときは最高の幸せを感じた。こんなにも淡く優しく血が滾るものなのかと不思議な気分になったが、あれが〝愛しい〟という感情なのだと知った」

「私も……やっと結ばれて嬉しかった」

「だが愛する者ができるということは、守る者がいるということだ。俺の留守中に、突然現世に行ったと知ったときは驚いた。見限られたのかと恐れて慌てて迎えに行ったのが懐かしい」

「あ……妊娠したとわかったときね。私のほうこそ、花嫁でいられなくなると心配してたんだわ。指輪……嬉しかったな」

現世に迎えに来た春馬に妊娠を告げて、そのときに結婚指輪をもらったのだった。

春馬の思い出話の中では、彼は感激したり慌てたりと感情の起伏があるようだが、私から見るといつも平然としていて冷静なので、そのような心中だったとは知らなかった。

春馬も私と同じ気持ちなのね……。

愛する人に振り回されて、心配したり嬉しかったり。

そしてそれが幸せなのだと気づいたり。

彼の話はまだ続く。

私は、うとうとしてきて、夢うつつの中で聞いていた。

「富單那の金平糖で子どもの姿になったときは衝撃だったな。凛が平気で風呂に誘うのだから、俺は大変戸惑った」

「ん……子どもの春馬、かわいかった……」

「普段は一緒に入ろうとこちらから誘っても断るのに、なぜだ?」

恥ずかしいからに決まっている。

けれど眠気に襲われて、とろとろとしている私は「うん……」などと返事をした。

「凛には振り回されてばかりだ。屋敷から姿を消したときは、さらわれたのかと、相当な衝撃を受けた」

春馬はいつも衝撃を受けているようだ。端麗な顔はぴくりとも動かないので、そんなふうには見えない。

「〝とこしえの桜〟に身を隠していると突き止めたときはひとまず安堵したが、離れている間は一日が千年ほどに感じた。俺は凛がそばにいないと心臓が動かないようだ」

「……心臓は動いてるわよ?」

春馬は絡めていた手を、ぎゅっと握った。

「愛している。おまえがいないと、俺は生きてもいられぬ」

低く、切なく耳元に吹き込まれたその愛の言葉が、私の鼓膜を通して全身に浸透する。

私も愛してる……たくさん心配かけてごめんね……。

そう言えただろうか。

春馬に抱かれながら、すうと私は眠りの淵に落ちた。


ふと、つきりとした痛みで目を覚ます。

瞼を開けると、室内にはすでに明るい朝陽が射し込んでいた。

昨夜、私は春馬に抱きしめられた体勢のままで眠ってしまったらしく、つながれたふたりの手もそのままである。

痛みはお腹の奥のほうから生じている。

胃痛や腹痛などとは異なると、はっきりわかる。

まさか、陣痛――？

「うう……ん」

「……どうした、凜」

呻いていると、目を覚ました春馬に声をかけられる。

けれど、そのうち痛みは治まってしまった。

「あ……お腹が痛かったんだけど、治ったみたい」

「ふむ。ひとまず様子を見るか。昨夜はゆっくり眠れたか？」

「そういえば快眠できたわ。春馬の思い出話を聞いてるうちに、眠ってしまったみたい」

「それはよかった。顔色もよいな。朝食にしよう」

春馬のおかげで、ぐっすり眠れた。これなら赤ちゃんが生まれても、パパに寝かしつけを任せられるかも――なんて。

顔を洗おうと洗面台に立つと、また先ほどと同じ痛みが襲ってきた。お腹を押さえて、その場にうずくまるが、しばらくすると治まってしまう。

「うっ……いたっ……」

これは本当に陣痛かもしれない。

陣痛の始まりは、三十秒程度の痛みが十分おきに起きるという。時間が経過して子宮口が大きく開いてくると、さらに感覚が短くなり、痛みも強くなるのだとか。

確かに痛いと感じたら、三十秒ほどで治まっている。ということは、また十分後に陣痛が来るはずだ。

私は急いで顔を洗うと、衣装部屋で着替えている春馬に知らせに行った。

「春馬、大変よ！　陣痛が来たみたいなの」

「なに!?　ついに来たか！　すぐに車に乗れ。病院へ行くぞ」

車を回してもらい、私たちは朝から病院へ駆け込んだ。その間にも痛みは次第に大きくなり、間隔が狭くなっていく。お腹が痛くて苦しくて、ひとりでは歩けないほどになった。

私は春馬と看護師に支えられながら、産婦人科の陣痛室に入った。病院着に着替えて、血圧測定や助産師の内診などの検査を受ける。

初めての出産は子宮口が全開大になるまで、ここから十時間ほどかかると助産師に説明された。ただし、人によるとも言われたので、実際にどうなるかはわからない。

検査が終わったので、春馬が部屋に入ってきた。その表情は平然としているように見えるが、かなり焦っているらしく、若干眉根を寄せている。

旦那さまの顔つきも、見分けられるようになってきたなぁ……などと私は痛みに耐えながらも、ぼんやりと思った。

「凜、どうだ、痛みは？　かなりきついか？」

「う……ん。背中が痛いの」

「さすってやろう。背中を向けるのだ」

なんだか昨夜もこんな展開になった気がする。きっと春馬が手を握って、一緒にお腹をさわっていてくれたから、陣痛が来たのではないだろうか。

背中から腰にかけて、ゆっくりと撫でてもらうと、だいぶ楽になった。

「昨日の夜ね、春馬がお腹を撫でてくれたから、陣痛が来たんじゃないかしら」

「そうかもしれぬ。念をかけたからな」

「念をかけたんだ……。早く生まれてこいって?」

「うむ。母を楽にさせてやってくれとな」

楽にはなかなか産めないかもしれないけれど、春馬の念が通じればいいなと、私は切に願った。

そうしているうちにも、痛みの間隔はだんだん狭まっていく。医師が内診を行うと、そろそろ分娩を始められそうだと診断され、向かいの分娩室へ移動することになった。

もちろん春馬は私を支えて、分娩室についてくる。

「春馬……出産に立ち会うの?」

「無論だ。凛の手を握っている」

分娩室へ入ると分娩台があり、そこに横になる。

助産師の指示に従って、苦悶の表情を浮かべた私はいきんだ。

私の頭上に陣取った春馬が、上げた両手を、ぎゅっと握りしめてくれる。

「頑張れ、凛。もうすぐ生まれるぞ」

あまりの痛みに呻き声しか出ないけれど、春馬の励ましと、彼が握りしめているてのひらの感触はしっかりと伝わった。

もうすぐ……生まれる……さくらに会える……。

最後の呼吸を吐いたとき、赤ちゃんは産声をあげた。

「オギャア！」

分娩室に「おめでとうございます！」と祝福の言葉が響く。

呆然として荒い呼吸を繰り返している私の胸元に、生まれたばかりの赤ちゃんが寄せられた。

まだ、とても小さい。そっと手をさわると、ふわふわとして柔らかい。私たちの赤ちゃん……やっと、会えた。

我が子が生まれた感激で、胸がいっぱいになる。

「私……産めたのね。ママになれたんだわ」

「女の子だ。頑張ったな、凜」

「うん……ありがとう、春馬」

私に身を寄せている赤ちゃんの熱い体温が伝わる。ふわりとしている髪は亜麻色だ。うっすら目を開けると、澄んだ空のような碧色だった。

「さくらは、やっぱり春馬にそっくりね」

「うむ……そうか？　顔立ちは生まれたときの凜にそっくりなのだが」

「そうなの？　よく覚えてるわね」

「なにしろ俺の花嫁の顔なのだからな。忘れるわけはない」

笑い合った私たちのそばで、さくらはゆるゆると瞼を閉じて眠った。

私はこの日、生涯忘れることのない出産という奇跡を経験した。

母子手帳には、無事に赤ちゃんの誕生日が記入された。

終章　幸福な結婚

さくらを出産して、一か月後――。

初めは三千グラムほどだった私たちの赤ちゃんは、母乳を飲んで瞬く間にぷっくりと膨らんだ。

産褥期《さんじょくき》を終えた私の体は順調に回復し、母乳もよく出ている。

母子ともに健康で、屋敷のみんなも家族もとても喜んでくれた。

そして今日――私と春馬の結婚式が行われる。

私の希望通り、神前式のみのこぢんまりとしたものだ。

すでに一年前から婚姻を結び、一緒に暮らして、子どももいるのに、今さら恥ずかしいくらいだ。

けれど、これからも夫婦としての絆を深めていくための儀式として、臨もうと思う。

初夏の爽やかな陽気の中、写真撮影のため、朱の番傘《ばんがさ》のもとに正絹の白無垢を着た私は楚々《そそ》として立った。緞子《どんす》に真紅の梅模様が描かれた華やかな装いだ。

髪には大輪の花をかんざしとして挿している。

腕にはレースの産着でおめかしをしたさくらを抱いていた。すでに母乳を飲んだあとなので、お腹がいっぱいのさくらは気持ちよさげに眠っている。

隣には寄り添うように、純白の紋付き羽織袴を着た春馬が立つ。端麗な私の旦那さまは、まるで若様のごとき気品に満ちあふれていた。

「写真というのは緊張するな。頬が引きつる」

「自然に笑っていいのよ」

何パターンもの写真撮影を終えると、いよいよ神前式となる。

撮影を見学していた母が、黒留袖に身を包み、笑顔で歩み寄ってきた。

「それじゃあ式の間は、さくらは私が抱っこしてるね」

「うん。お願いね、お母さん。それから、お父さん……」

母の後ろで黒の紋付き羽織袴を着ている父に、目を向ける。

なにかを感じたのか、すっと父は母に寄り添った。

ふたりはどれだけの月日を重ねても、お似合いの夫婦だ。私たちも、こうありたいと強く願う。

私は頭を下げて、ひとことずつ噛みしめるように言った。

「今まで育ててくれて、ありがとうございました」

はっとした母は、ぎゅっとさくらを抱きしめて涙ぐんだ。

「そ、そんなこと言われたら泣いちゃうよ、凜ったら……」

さくらを抱いて両手が塞がっている母の代わりに、父が手を伸ばして、母の目元をそっと拭った。長い間、何度もそうしてきたのだろうと思える、自然な仕草だ。

「凜、幸せになるんだぞ。――娘を頼んだぞ、春馬」

父に見つめられた春馬は、表情を引きしめる。

「承知した。父君、母君、あなたがたの育てた凜を、俺は必ず幸せにする。そして幸せとは、凜を笑顔にすることだ。その約束を守ろう」

母は神妙な顔をした。私も春馬から聞いたことがあるが、それは私が赤子だったときに、母が春馬に頼んだことなのだ。

「あの誓いを覚えていてくれたのね……。凜を、よろしくお願いします」

すると、母の腕に抱かれているさくらが呼応するかのように、あくびをこぼした。

それを見たみんなの顔に笑みがあふれる。


撮影のあとは、いよいよ神前式となる。

両親と兄のほかに、那伽と羅刹が参列してくれた。

礼装のスーツを着たふたりは、本殿の前で手を振る。

「おーい、来たぞ〜！」

「写真撮影は終わったかな。いよいよこれから神前式だね」

長い指でネクタイを整えた羅刹は、素早く母のそばに寄り添い、さくらの寝顔を覗き込んでいる。

「さくらちゃんは、おねむかな。これなら式の間はおとなしくしていてくれそうだね」

「そうですね。泣きだしたら、私が席を外してあやしますよ」

「僕も手伝ってあげるよ」

と言う羅刹を押しのけて、さくらの寝顔を覗き込んだ那伽は目を見開いた。

「将来はすげえ美人になりそうだな。なんたって、鳩槃荼姫《くばんだひめ》だもんな」

「鳩槃荼姫か……。きみは誰の花嫁になるのかな？」

さっそく、さくらの将来に話が及び、私は笑いをこぼす。

「羅刹ったら、気が早いわよ。……といっても、私は生まれる前から春馬の花嫁に決まっていたけどね」

「嫁に出すのが今からしのびない気持ちだ。だが、さくらには女城主という道もあるからな。しかし本人がなんと言うのやら」

今から娘の将来についてあれこれと悩んでいる春馬に、私は微笑んだ。

少し後ろで母が父に、こっそり言った。

「柊夜さん。なんだか私たちも昔、こんな会話しましたね」

「そうだったな。凛を生贄花嫁にするという話になったときは悩んだものだ」

やはり、両親は今の私と同じように、娘の将来について考えてくれたのだ。

そして最終的には、私の意見を尊重してくれた。

私も、さくらには自分の好きな道を歩んでほしいと願う。

「さくらは、どんな能力を持ってるのかな……？」

ぷくぷくのほっぺをした無垢な娘に、兄は小さく問いかける。

たとえどんな能力を持っていたとしても、それを受け止め、丁寧に説明しよう。母が私にそうしてくれたように。

やがて参進の儀の時刻になり、私たちは列になって本殿へ入場した。

厳《おごそ》かな神殿内に入ると、まずは神職が祓詞《はらいことば》を述べ、身の穢《けが》れを祓い清める。続いて祝詞《のりと》が奏上され、神職が神様にふたりの結婚を報告し、幸せが永遠に続くよう祈る。

そのあとは盃で御神酒《おみき》をいただき、夫婦の永遠の契りを結ぶ。私は授乳中なので、盃に口を寄せるのみにとどめた。

粛々と式は進み、次に指輪の交換が行われる。妊娠がわかったとき、春馬が贈ってくれた白銀の結婚指輪を、新たな気持ちで交換する。

台座から、小さいほうの指輪を春馬がすくい上げた。私に向き合った春馬は、碧色の真摯な眼差しをまっすぐに注ぐ。

左手を差し出した私の手が、緊張で少し震えた。

すると、その手をしっかりと大きな手で握りしめた春馬は、薬指に指輪を通す。

「改めて、頼む。俺の花嫁になってくれ」

どうして今さら、そんなことを言うのだろう。

私たちはとっくに夫婦で、赤ちゃんも生まれたのに。

誓いを新たにすることで、未来への約束とするのだろうか。

春馬の言葉を受け止めた私は、大きなほうの指輪を指先で摘まんだ。すでに左手を差し出している彼の薬指に、そっとはめる。

「私を、あなたの花嫁にしてください」

そう答えると、胸が甘酸っぱい思いでいっぱいになった。まるで桜が舞い散るような喜びに満たされる。

見つめ合った私たちは、自然にくちづけを交わした。

神前式にはない儀式だけれど、私たちの唇が惹かれ合ったから。

手を取り合ったふたりの薬指には、いつものように白銀の結婚指輪が光った。

そして、さくらの指にも、今まで私がネックレスに通していた赤ちゃんのための指輪がはめられている。

これでようやく、白銀の指輪はそれぞれの薬指に収まった。

それから、畳まれていた和紙を広げて、誓詞奏上《せいしそうじょう》を行う。結婚の誓いを、ふたりで一緒に読み上げるのだ。

春馬とともに誓詞の紙を持ち、ふたりで声を合わせる。

「今日のよき日に、私たちは結婚式を挙げます。今後は信頼と愛情とをもって、助け合い、励まし合って、よい家庭を築いてゆきたいと存じます」

誓詞の言葉は神社であらかじめ用意されているものなので、式の前に一度だけ声を合わせて練習していた。

それぞれの名前まで無事に言い終え、誓詞の紙を畳んだ春馬は、高らかに言い放った。

「俺は、俺の愛する花嫁と子を、命をかけて必ず守り抜く。なにがあろうとも、家族を幸せにすると誓う」

「春馬……」

突然の花婿の独自の宣言に、神職と巫女《みこ》は驚いた顔をした。

春馬は自分の言葉で、誓いを立てたかったのだ。

その想いに、私も応えよう。

「私も、愛する旦那さまと子どもに寄り添い、家族の幸せを守ると誓います」

そう誓うと、春馬は碧色の双眸で覗き込んできた。

「凜。俺は鬼神だ。それでも、俺を愛せるか？」

今さらなにを言ってるのよ……と言いたくなった私は、涙ぐんでしまった。

彼が私のもとに現れてから起こった数々の出来事が、走馬灯のように脳裏を駆け巡ってしまったから。

すれ違いもあった。愛し合ったことも、たくさんあった。何度もキスをした。別れなければならないと悲しんだこともあった。けれど、いつでもどんなときでも、私の胸には春馬を愛しいと思う気持ちが消えなかった。

「もちろんよ。あなたが何者でも愛しているわ」

「俺もだ。愛している」

惹かれ合った私たちは、再び柔らかなくちづけを交わす。

ふと、さくらを抱いた母の顔が真っ赤になっているのが目に入り、急に恥ずかしくなった私は神前を向いた。

鬼神たちと兄は意外と平静に眺めていたが、神職はいささか気まずそうに次の儀式へと進める。

玉串拝礼《たまぐしはいれい》を済ませ、親族盃の儀を行う。巫女が親族に御神酒を注ぎ、みんなでそれを飲み干す。そして最後に斎主が、式を執り納めたことを神様に報告して一礼する。

儀式はすべて終了し、私たちは神前を退場した。

本殿から庭園へ出ると、眩い陽光が降り注ぎ、庭木の緑が鮮やかに目に映る。

すべての結婚式を終えた私は、ほっと胸を撫で下ろした。

産着《うぶぎ》に包まれたさくらを、そっと母から受け取る。

ぱちりと碧色の目を開けたさくらは、「あう〜」とかわいらしい声をあげた。

「あ、起きたのね」

「式の最中から起きてたの。でも、さくらはパパとママをじっと見つめて、おとなしくしてたのよ」

　ということは、くちづけも見られていたというわけか。

　私も物心ついた頃から、両親のキスを見せられていたので、それがふつうだと思い込んでいたけれど、大人になったら困惑したものだ。

　集合写真を撮ろうということになり、全員で庭園に並ぶ。

　那伽はファインダーを覗き込みながら、そういえばと首を捻った。

「親族盃の儀ってさ、両家が親戚になるってことだろ。オレたちは八部鬼衆だから、もとから親戚みたいなもんだよな」

　さくらを抱いた私と春馬が中央に、その脇に母と父、そして兄が並ぶ。羅刹は父の少し後ろに立っていた。

　シャッター音が鳴る中、父は厳かに言う。

「その通りだ。我々は、もとから縁者なのだ。それを忘れそうになるので、時折確認する儀式が必要ということだ」

　撮影を交代した羅刹が、カメラを手にしながら朗らかに笑った。

「さくらちゃんは、僕たち鬼神みんなの子も同然だからね。みんなで見守っていきたいな」

血族の未来は輝かしい明日へ向かって、連綿と続く。

みんなに見守られて、さくらは幸せな人生を歩めるに違いない。

さくらは不思議そうな顔をして、碧色の目をぱちりとさせていた。

春馬の頬が、幸せそうに緩む。

「俺を、父親にしてくれて、ありがとう」

ふいに、そう言われて、私は泣きたくなった。

大きなものを乗り越え、幸福に辿り着けたから。

「私のほうこそ、母親にしてくれて、ありがとう」

私たちは見つめ合い、微笑みを交わした。

幸福な今日という日を、きっと私は、永久に忘れないだろう。

晴天に鳩が羽ばたいていく。

その姿は、さくらの碧色の瞳に美しく映っていた。

完

あとがき

こんにちは、沖田弥子です。

このたびは『夜叉の鬼神と身籠り政略結婚四　～夜叉姫の極秘出産～』を手にとってくださり、ありがとうございます。

夜叉の鬼神シリーズは四巻目となりまして、これで完結いたしました。ここまで書き続け、刊行できたのも、読者様に応援していただいたおかげです。まことにありがとうございます。

この作品は私としても思い出深いものとなりました。

初めは投稿作でしたので、「上司と一夜を過ごして懐妊したら『実は俺の正体は夜叉の鬼神だ』と言われたらおもしろいんじゃない!?」と、ひとりで盛り上がってお話を書いていた日々が懐かしいです。

夜叉というと嫉妬深い女性を指す説もありますが、もとは八部鬼衆、または八部衆の鬼神のひとりなんですよね。作中では夜叉だけでなく、癖のあるイケメン鬼神たちをたくさん活躍させることができて楽しかったです。

また、初めはおひとりさまだったあかりが、最後は孫を抱いているというのも感慨深かったです。人生はあっという間ですね。本作には、あかり視点もありますので、楽しんでいただけたら幸いです。

今回は妊娠した凜が春馬とすれ違い、秘密の地で極秘出産するという流れでしたが、最終的には春馬と和解して無事に出産を迎えることができました。

秘密の地とは実は……というわけでしたが、周囲に守られているので、ひとりじゃなかったということを凜は知り、成長できた上で母になれたと思います。

今後は春馬と子育てに奮闘しつつ、また懐妊するという幸せな未来が待っていることでしょう。

そうして瞬く間に人生は過ぎ去ることを思うと、充実した日々を送りたいものです。

最後になりましたが、書籍化にあたりお世話になったスターツ出版のみなさま、本作にかかわってくださった方々に深く感謝を申し上げます。引き続きイラストを描いてくださった、れの子さま、ふたりの幸せな結婚式の姿に感激しました。

そして読者様に心よりの感謝を捧げます。

願わくば、みなさまの人生が穏やかなものでありますように。

沖田弥子

この物語はフィクションです。実在の人物、団体等とは一切関係がありません。

沖田弥子先生へのファンレターのあて先
〒104-0031　東京都中央区京橋1-3-1　八重洲口大栄ビル7F
スターツ出版（株）書籍編集部 気付
沖田弥子先生

夜叉の鬼神と身籠り政略結婚四
～夜叉姫の極秘出産～

2022年7月28日　初版第1刷発行

著　者　　沖田弥子　

発 行 人　菊地修一
デザイン　カバー　栗村佳苗（ナルティス）
　　　　　フォーマット　西村弘美
発 行 所　スターツ出版株式会社
　　　　　〒104-0031
　　　　　東京都中央区京橋1-3-1　八重洲口大栄ビル7F
　　　　　出版マーケティンググループ　TEL 03-6202-0386
　　　　　（ご注文等に関するお問い合わせ）
　　　　　URL　https://starts-pub.jp/
印 刷 所　大日本印刷株式会社

Printed in Japan

ISBN　978-4-8137-1299-2　C0193

夜叉の鬼神と身籠り政略結婚

沖田弥子／著

イラスト／れの子

一夜の過ちから始まる、ご懐妊シンデレラ物語

あらすじ

一夜の過ちから冷徹無慈悲な鬼上司・柊夜の子を身籠ったあかり。彼から「俺の正体は夜叉の鬼神だ」と衝撃の事実を打ち明けられ、"鬼神の後継者"であるお腹の子を産むまでのかりそめ夫婦を始めることに。ところが、普段の彼とは別人のような過保護さで溺愛されて…。

スターツ出版文庫　好評発売中!!

『壊れそうな君の世界を守るために』　小鳥居《ことりい》ほたる・著

高校二年、春。杉浦鳴海は、工藤春希という見知らぬ男と体が入れ替わった。戸惑いつつも学校へ登校するが、クラスメイトの高槻天音に正体を見破られてしまう。秘密を共有した二人は偽の恋人関係となり、一緒に元の体へ戻る方法を探すことに。しかし入れ替わり前の記憶が混濁しており、なかなか手がかりが見つからない。ある時過去の夢を見た鳴海は、幼い頃に春希と病院で出会っていたことを知る。けれど天音は、何か大事なことを隠しているようで…。ラストに明かされる、衝撃的な入れ替わりの真実と彼の嘘とは——。

ISBN978-4-8137-1284-8／定価748円（本体680円+税10%）

『いつか、君がいなくなってもまた桜降る七月に』　八谷紬《はちやつむぎ》・著

交通事故がきっかけで陸上部を辞めた高２の華。趣味のスケッチをしていたある日、不思議な少年・芽吹が桜の木から転がり落ちてきて毎日は一変する。翌日「七月に咲く桜を探しています」という謎めいた自己紹介とともに転校生として現れたのはなんと芽吹だった——。彼と少しずつ会話を重ねるうちに、自分にとって大切なものはなにか気づく。次第に惹かれていくが、彼はある秘密を抱えていた——。別れが迫るなか華はなんとか桜を見つけようと奔走するが…。時を超えたふたりの恋物語。

ISBN978-4-8137-1287-9／定価693円（本体630円+税10%）

『龍神と許嫁の赤い花印～運命の証を持つ少女～』　クレハ・著

天界に住まう龍神と人間である伴侶を引き合わせるために作られた龍花の町。そこから遠く離れた山奥で生まれたミト。彼女の手には、龍神の伴侶の証である椿の花印が浮かんでいた。本来、周囲から憧れられる存在にも関わらず、16歳になった今もある事情で村の一族から虐げられる日々が続き…。そんなミトは運命の相手である同じ花印を持つ龍神とは永遠に会えないと諦めていたが——。「やっと会えたね」突然現れた容姿端麗な男・波琉こそが紛れもない伴侶だった。『鬼の花嫁』クレハ最新作の和風ファンタジー。

ISBN978-4-8137-1286-2／定価649円（本体590円+税10%）

『鬼の若様と偽り政略結婚～十六歳の身代わり花嫁～』　編乃《あみの》 肌《はだ》・著

時は、大正。花街の料亭で下働きをする天涯孤独の少女・小春。ところがその料亭からも追い出され、華族の当主の女中となった小春は、病弱なお嬢様の身代わりに、女嫌いと噂の実業家・高良のもとへ嫁ぐことに。破談前提の政略結婚、三か月だけ花嫁のフリをすればよかったはずが——。彼の正体が実は“鬼”だという秘密を知ってしまい…⁉　しかし、数多の縁談を破談にし、誰も愛さなかった彼から「俺の花嫁はお前以外考えられない」と、偽りの花嫁なのに、小春は一心に愛を注がれて——。

ISBN978-4-8137-1285-5／定価649円（本体590円+税10%）

書店店頭にご希望の本がない場合は、書店にてご注文いただけます。

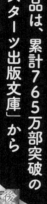

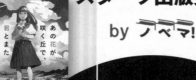

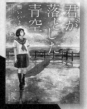